FICHA CATALOGRÁFICA
(Preparada na Editora)

Santos, Fernando de Souza, 1977-
S23n   *Noites inesquecíveis* / Fernando de souza Santos.
Araras, SP, IDE, 1ª edição, 2019.
192 p.
ISBN 978-85-7341-735-7
1. Romance 2. Espiritismo I. Título.

CDD -869.935
-133.9

Índices para catálogo sistemático
1. Romance: Século 21: Literatura brasileira 869.935
2. Espiritismo 133.9

NOITES
INESQUECÍVEIS

ISBN 978-85-7341-735-7
1ª edição - janeiro/2019

Copyright © 2019,
Instituto de Difusão Espírita - IDE

Conselho Editorial:
Doralice Scanavini Volk
Wilson Frungilo Júnior

Coordenação geral:
Jairo Lorenzeti

Revisão de texto:
Mariana Frungilo Paraluppi

Capa:
César França de Oliveira

Diagramação:
Maria Isabel Estéfano Rissi

INSTITUTO DE DIFUSÃO ESPÍRITA - IDE
Av. Otto Barreto, 1067
CEP 13602-060 - Araras/SP - Brasil
Fone (19) 3543-2400
CNPJ 44.220.101/0001-43
Inscrição Estadual 182.010.405.118
www.ideeditora.com.br
editorial@ideeditora.com.br

Todos os direitos reservados. Nenhuma parte desta publicação pode ser reproduzida, armazenada ou transmitida, total ou parcialmente, por quaisquer métodos ou processos, sem autorização do detentor do copyright.

FERNANDO DE SOUZA

NOITES
INESQUECÍVEIS

ide

DEDICATÓRIA

Para Maria Campos de Souza (in memoriam),
Ana Lúcia e Silvana.
As Três Marias do meu singelo céu.

Sumário

1 - A bailarina 11
2 - O mentor 20
3 - O gigante 30
4 - A dona de casa 40
5 - O mendigo 51
6 - A pianista 63
7 - O espectro 76
8 - O médico 88
9 - A mãe e a filha 102
10 - A trabalhadora 114
11 - O antigo comparsa e o velho amigo ... 125
12 - Os acompanhantes 137
13 - A feiticeira 151
14 - A mãe do menino 166
15 - A cadeirante 179
   Referências bibliográficas 187

1

A BAILARINA

Dizeis frequentemente, daquele que está morto, que ele nada mais tem a sofrer; isso não é sempre verdadeiro. Como Espírito, ele não tem mais dores físicas; mas, segundo as faltas que cometeu, pode ter dores morais mais pungentes (...). (O Livro dos Espíritos)[1]

SEU CHORO ERA DISCRETO, SILENCIOSO... UM CHOro sereno. De nossa parte, sem qualquer informação a respeito do caso, como ocorre na imensa maioria das vezes, aguardávamos respeitosos, mantendo a imagem de Jesus em nossa tela mental. Alguns segundos depois, a criatura passou a se comunicar, ainda entre lágrimas. De forma suave, agradecia ao Cristo pela oportunidade de estar ali, onde poderia contar um pouco de sua história. Contudo, antes de nos narrar suas memórias, autorizou-nos a repassar em livro sua biografia e seu retorno à Espiritualidade ao fim da última encarnação, com o intuito de nos alertar a respeito de um dos maiores perigos que rondam a criatura encarnada: a vaidade.

– Quem sabe – dizia em tom dolente – meus desenganos possam servir de alerta àqueles que estejam seguindo os mesmos passos nefastos que segui.

– Pois bem, esteja à vontade.

– Perdoem-me a emoção... Ainda me ressinto ao lembrar minha última jornada física. Mas ao mesmo tempo, de algum modo, sinto-me feliz por dividir minhas lembranças com vocês.

Manteve-se em silêncio por alguns instantes, como se engatilhasse tais lembranças. Então, iniciou:

– Fui bailarina. Uma famosa bailarina. Nasci na Rússia, em um tempo distante, onde as bailarinas tinham *status* de celebridade nacional. Dediquei-me, desde a infância, ao balé e fiz das artes a minha vida. Muita disciplina, muita dedicação, até alcançar o objetivo sonhado: apresentar-me para grandes plateias, em grandes teatros, e ser aplaudida por todos.

Mais alguns segundos antes de recomeçar:

— Ah, quanto prazer ao ouvir os aplausos a mim dirigidos! Os elogios! Os presentes recebidos!... Quanta armadilha!... Em pouco tempo, meu nome se fazia conhecido em todo o país! E eu, permitindo-me pensar ser dona de qualidades que nunca possuí, julgava-me merecedora de tais elogios e regalias! Cada vez mais entorpecida pelos vapores da fama, junto do prazer natural pela dança, surgia-me o desejo sombrio pelo aplauso!

Nesse momento, refletimos rapidamente acerca do aplauso. Como algo aparentemente tão simples, um ato rápido de reconhecimento, pode ser tão devastador? Lembramo-nos de ter ouvido, certa vez, a respeito de um palestrante espírita que também se havia perdido na busca pelos aplausos. Confessava ele, já desencarnado, que se alguém não chorasse de emoção durante a palestra ou se, ao final, os aplausos não fossem efusivos, ele chegava a se retirar rapidamente do local, desagradado, julgando-se vítima de ingratidão. Contudo, ao retornar à Verdadeira Pátria, percebera o tamanho do problema que a vaidade lhe havia causado. Entre sofrimentos variados, destacavam-se as terríveis crises de angústia, agravadas por aplausos que só se ouviam dentro de sua própria cabeça. Encerrava dizendo não saber por quanto tempo ainda viveria aquela situação.

Como se notasse nossas rápidas reflexões, a ex--bailarina se manteve em silêncio, retomando seu discurso após o término de nossos pensamentos:

— Assim, meus amigos, cada vez mais egoísta, exigia tudo a todos, desobrigando-me de qualquer compromisso para com o meu próximo, por menor que fosse, cada vez mais preocupada com meus interesses próprios. Não estendi a mão a ninguém. Não enxerguei as crianças órfãs, não ouvi as jovens viúvas, não colaborei com a cura de nenhum doente, não intercedi em prol dos idosos maltratados pelo tempo. A vaidade não me permitia ter qualquer outra atividade a não ser me preparar para mais aplausos, fossem em algum espetáculo, alguma festa ou em algum lugar público. A vaidade me proibia o desperdício de forças em qualquer atividade altruísta. A fome, a doença, o frio vivido por milhares de pessoas à minha volta, nunca me sensibilizaram. "Esse problema não é meu!... Não posso resolvê-lo!... Minha missão é outra!", pensava secamente, tentando, talvez, adormecer alguma pouca consciência que ameaçasse despertar. Mas se podia, a meu próprio prejuízo, evitar muitas coisas, não pude evitar o deslizar do tempo. E ele deslizou rápido demais.

Suspirou longamente antes de retomar.

— Em atividades que exigem saúde, força e

jovialidade, a fama é curta. Em alguns anos, já não tinha mais a mesma leveza, já não tinha mais a mesma velocidade nem a mesma saúde. Outras bailarinas me sucederam, e eu adentrei a sala do ostracismo, de onde nunca mais sairia.

Novo suspiro.

– Hoje, vejo que o ostracismo foi mais uma chance enviada a mim pela Providência Divina para eu abandonar o casulo das ilusões e passar a fazer algo a benefício maior. Não resolveria todos os problemas ao meu redor, mas poderia amenizá-los de uma forma ou de outra. Poderia saciar alguma fome, aquecer algum corpo, medicar alguma dor... Poderia ter colorido a tristeza alheia com a música! Sim, pois não fui apenas bailarina, fui também musicista amadora. Tocava piano, violino... Poderia ter ensinado esses instrumentos às crianças! Não o fiz!

Enquanto aguardávamos em silêncio o prosseguimento da narrativa da ex-bailarina russa, éramos embalados por *Träumerei*, de Robert Schumann – compositor alemão, encarnado entre 1810 e 1856. A boa música muito colabora com os trabalhos mediúnicos, favorecendo nossa concentração, sensibilizando-nos, aproximando-nos de Deus!

E a irmã prosseguiu:

– Após a carreira de bailarina, optei por viver, a

maior parte do tempo, de lembranças amargas. Quase sempre fechada no lar confortável, rememorava os dias de glória, enfadada pela vida atual. Uma vez ou outra, era reconhecida por alguém, nas ruas. E isso, às vezes, fazia-me bem, às vezes, não. Quando me sentia bem, entregava-me ao piano, ficando nele por horas, não me importando com mais nada. Os cabelos totalmente brancos e o corpo cansado me sinalizaram a total velhice. E dali à desencarnação foi um estalar de dedos. E eu retornei à Casa do Pai, exatamente como na parábola do filho pródigo*: miserável, derrotada, falida, mas, ainda assim, filha de Deus! No tempo devido, fui recolhida a instituição amorosa, em colônia próxima à Terra, onde, amparada por mãos verdadeiramente cristãs, internei-me por tempo indeterminado.

Silêncio.

– E ali fiquei por muitos anos...

Novo silêncio.

– Como o tempo mal aproveitado na encarnação nos pesa na Espiritualidade! Ah, meus irmãos, se todos pudessem sentir o desespero que senti por conta desse desperdício, o terrível vazio íntimo que nada

---

* Lucas 15: 11, 32.
"E disse: Um certo homem tinha dois filhos;"
"Mas era justo alegrarmo-nos e folgarmos, porque este teu irmão estava morto, e reviveu; e tinha-se perdido, e achou-se."

pode preencher, o arrependimento... Tenho certeza de que aproveitariam nobremente o tempo!

Novas lágrimas. Como o intervalo se fez mais longo, percebemos a possibilidade de uma pergunta:

— E agora, cara irmã, o que tem feito na Espiritualidade? Como são seus dias?

— Faço o que deveria ter feito, e não o fiz: dou aulas de música, piano e violino. Dentre outras coisas.

— Já sabe quando se dará nova encarnação?

— Não, não... Não sei nada a esse respeito.

Sentindo que o discurso da irmã seguiria, aguardamos.

— Mas de uma coisa tenho certeza: em próxima encarnação, quero ser muito simples!

Tomada novamente por muita emoção e lágrimas, continuou:

— Quero ser anônima, distante de qualquer holofote! E quero amar! Amar muito meus semelhantes! Fazer todo o bem que me for possível! Auxiliar os que sofrem, retribuindo, por pouco que seja, todo o auxílio que tenho recolhido em todo esse tempo! Buscar, assim, a vivência do Evangelho de Jesus!... Ah, esse será meu grande objetivo para a próxima reencarnação!

Imediatamente nos recordamos da obra *Devas-*

sando o Invisível, da inesquecível Yvonne A. Pereira, na qual a médium nos narra suas conversas com o Espírito do pianista Frederic Chopin, que revela ter reencarnado em total anonimato, após sua passagem na Terra como célebre músico. Vejamos exatamente o que nos conta a respeito nossa querida Yvonne:

> *Por isso mesmo, muitos deles* [os artistas] *retornaram a reencarnações obscuras na própria Terra, após curto estágio no Além, assim acontecendo ao próprio Chopin, considerado "suicida inconsciente" na Espiritualidade, o qual se submeteu a uma nova existência, curta, humilde e apagada, mas triunfante e meritória para si próprio, depois da glória imortal com que presenteou o mundo.*[2]

Repassamos tal lembrança à ex-bailarina, falando-lhe de Chopin na Espiritualidade, e ela se emocionou uma vez mais.

– Pois é isso que quero, meu amigo! Nascer em recanto humilde, ter uma encarnação apagada! Quem sabe um dia seja digna de mais esse ato misericordioso do Pai!

– Que assim seja, minha irmã!

Chegávamos ao final daquele encontro. A ex-bailarina nos agradeceu por ouvi-la, desejando-nos felicidades. De nossa parte, também muito agradecemos pelos testemunhos ali deixados naquela noite. Cumprimentamo-nos mais uma vez, e ela se afastou.

Dias depois, um dos companheiros do grupo mediúnico nos procurou para conversar um pouco a respeito desse caso. De pronto, perguntou ele:

— Mas não estão os artistas mais perto de Deus? Afinal, fazem eles coisas tão belas, tanto nos emocionam, são tão sensíveis!

A resposta nos é dada pela mesma Yvonne A. Pereira, ainda no livro acima citado:

(...) seria erro supor que artistas geniais, só pelo fato de o serem, se santificassem ou se tornassem espiritualmente superiores após o decesso corporal. Como homens, eles cometeram, muitas vezes, deslizes graves, rastejaram pelas camadas inferiores da moral, o que os fez sofrer, no Espaço, períodos críticos, humilhações e vexames, de que estariam isentos se, a par do ideal superior que abraçaram, como veros artistas, cultivassem também sólida crença em Deus, respeito por Suas leis e moral elevada.[3]

2
O MENTOR

– *Há Espíritos que se ligam a um indivíduo em particular para o proteger?*

– *Sim, o irmão espiritual, a que chamais o bom Espírito ou o bom gênio.*

– *Qual é a missão do Espírito protetor?*

– *A de um pai sobre seus filhos: guiar seu protegido no bom caminho, ajudá-lo com seus conselhos, consolar suas aflições, sustentar sua coragem nas provas da vida.* (O Livro dos Espíritos)[4]

COMO QUALQUER ESPÍRITA BEM SABE, NOSSO PLAneta Terra ainda se enquadra na categoria de mundo de *provas e expiações*, embora caminhe, conforme determinam as divinas leis, à condição de *regenerador*. Assim, ainda vivemos momentos de dor e sofrimento que, na maioria das vezes, são *consequências de um primeiro desvio do caminho reto* 5, conforme nos explica *O Livro dos Espíritos*.

Todos passamos por momentos difíceis. Interessante observar que há pessoas às quais as dificuldades são constantes por toda uma encarnação enquanto para outras são etapas relativamente rápidas... Enfim, as situações se graduam ao infinito, nunca havendo qualquer prejuízo injusto a nenhuma delas. O assunto é interessante, vasto e tem sido tratado pela literatura espírita desde seu início, partindo de Allan Kardec.

Como também sabemos, explicar a causa do sofrimento, sua justiça, seus fatores atuais ou anteriores, é trabalho de uma casa espírita em suas palestras públicas, em suas preleções evangélicas. Sendo a Doutrina Espírita consoladora por excelência, tais explicações cairão como bálsamo aos corações aflitos.

Mas, às vezes, nem essas explicações públicas são suficientes – deveriam, mas não o são. Algumas pessoas, refletindo pouco conhecimento, ou nenhum, acerca de tal doutrina, procuram-nos, como trabalhadores da casa espírita, para nos solicitar uma conversa em particular e pedir que entremos em contato com os "guias" do Centro Espírita onde labutamos a fim de perguntarmos a eles o que ele – o encarnado – deve fazer acerca de seu problema, ou seja, como resolvê-lo, qual seria a melhor saída... Nessas situações, precisamos explicar à pessoa, com carinho e respeito, que não é bem assim que a banda toca! E as perguntas são bem variadas...

– Meu pai faleceu há um mês. Você pode perguntar aos guias onde ele está? Se está sofrendo ou já está sendo atendido?

– Estou desempregada e recebi uma oferta de emprego na capital. Você poderia perguntar aos guias se devo ir?

– Eu queria que os guias da Casa me dissessem se minha esposa deve fazer a cirurgia ou o melhor é só tratá-la espiritualmente?

– Será que os guias podem desfazer a macumba que a minha cunhada mandou fazer pra mim?

– Eu queria que os guias abrissem meus caminhos!

– Pedi para conversar porque queria que você dissesse para os guias que eu acho que o meu caso requer um trabalho mais forte!

– Eu quero pedir para os guias fazerem uma limpeza no meu sítio. O negócio está pesado por lá!

Ah, quanta confusão! Quanto engano acerca dos afazeres dos caros trabalhadores espirituais e seus modos de trabalho!

Exigirmos que Espíritos benfeitores resolvam nossos problemas é promovermos um desserviço ao nosso amadurecimento moral! Seria permanecermos no jardim de infância espiritual! É desperdiçarmos oportunidade de desenvolvermos virtudes que trazemos em nosso íntimo, tais como a paciência, a resignação, a perseverança!

Esse assunto também é interessante, vasto e tem sido tratado pela literatura espírita desde seu início, partindo de Allan Kardec.

E muitas vezes, por conta de nossa fragilidade emocional, nossa pouca fé e nosso imediatismo, até mesmo aqueles que trabalham em uma Casa Espírita vacilam no entendimento e na confiança em relação aos mentores espirituais que tanto os têm auxiliado no correr do tempo. Basta que o problema persista um pouco mais, que a dor se aprofunde um pouco mais, e pronto: "Será que estou sendo mesmo ajudado?!"

Lembro-me de uma história a respeito. Não me recordo quem a contou ou se a li em algum lugar, mas vale a pena lembrá-la.

Tinha um casal que trabalhava em determinada Casa Espírita havia vinte anos. Possuíam algumas responsabilidades junto a casa, frequentavam os estudos e trabalhavam mediunicamente nas noites voltadas a esse mister.

Esse casal tinha três filhos, em idades entre quatorze e dezoito anos. Três rapazes... E o mais velho estava dando muito desgosto ao casal por conta de desvios de conduta que se ampliavam com o passar do tempo. Especificamente naquela semana, o jovem havia sido levado à delegacia por policiais, por promover arruaças e brigas durante a noite, na cidade. E os pais estavam consternados.

Na primeira noite de trabalhos mediúnicos, após a passagem do primogênito pela delegacia, a certa altura, o pai pediu para trocar algumas palavras com o seu mentor, se possível, até o final dos serviços. Minutos antes do término dos trabalhos, foi atendido. À disposição do trabalhador encarnado, o benfeitor espiritual passou a ouvi-lo:

— Caro companheiro, minha família tem vivido terríveis dissabores! Não sei se sabe o que temos passado, eu e minha esposa, a respeito de um de nossos filhos? – perguntava o homem em tom de amargura. – Sabe do imenso desgosto que temos experimentado nesses últimos tempos por conta da falta de juízo de um dos nossos meninos?... Está muito difícil!... Minha esposa só chora!...

O homem fez silêncio aguardando uma resposta do trabalhador invisível. E a resposta veio sucinta:

— Sabemos o que sua família tem passado, sim, meu irmão.

O trabalhador encarnado aguardou maiores explicações, mas como elas não chegaram, ele prosseguiu:

— Pois veja... Há duas décadas, trabalhamos, eu e minha esposa, aqui na Casa. Começamos timidamente, mas fomos assumindo responsabilidades — que muito nos alegram, obviamente! Fomos, aos poucos, comprometendo-nos com esse ambiente, renunciando a outras coisas para aqui estarmos, para darmos conta dos serviços assumidos! E os serviços não se restringiram unicamente a este ambiente físico; vão, e continuam indo, além! Pendências burocráticas em escritórios, reuniões junto a órgãos e federações, campanhas que correm pela cidade, contatos...

Ante o silêncio da Espiritualidade durante a breve pausa dada pelo encarnado, o mesmo prosseguiu:

— Não estou pedindo contas a ninguém. Por favor, não me entenda mal, caro irmão. Mas estamos nos sentindo fragilizados, eu e minha companheira! Parece que estamos enfrentando sozinhos essa situação! E ela está cada vez mais crítica! Temos mantido rigorosamente nossos deveres para com este ambiente, não nos afastamos, mesmo com todas as tribulações. Mas nem uma mensagem de consolo nos foi enviada! Nem uma frase de alento, de carinho...

Novo silêncio se fez, cortado, após alguns segundos, pelo trabalhador espiritual:

— Como não, meu irmão querido?!... E todas as lições do Evangelho que lhes encaminhamos durante as leituras aqui na casa?!... E as psicografias anônimas, recheadas de esperança, que são lidas ao término dos serviços?!... E as mensagens psicofônicas carregadas de consolo, ouvidas em noites como esta?!...

— Não havia atinado que poderiam ser para mim... – respondeu em baixo volume, um pouco decepcionado.

— Sempre foram!

— Entendo...

— Mas me diga: quantos filhos vocês têm?

O dirigente espírita foi tomado por nova e grande decepção! Sem expressar-se verbalmente, sentiu grande amargura na alma, refletindo intimamente: "Trabalhamos aqui há vinte anos e o mentor não sabe sequer quantos filhos temos!".

Só após um doloroso suspiro, conseguiu responder ao amigo invisível:

— Temos três filhos. Três rapazes.

— Pois então! Era para os três estarem lhes causando problemas! Mas, pela misericórdia do Alto, apenas o mais velho tem se deixado arrastar! Os três jovens trazem ainda, de encarnação passada, fortes impulsos de rebeldia, de revolta injustificada, o que acaba por facilitar suas ligações com antigos parceiros de relaxamento moral, que permanecem *do lado de cá*, resistentes, por ora, a qualquer mudança! O filho mais velho tem se apresentado refratário, por enquanto, por ser mais subversivo que os outros dois. Mas não desistiremos! Confiamos plenamente no amor e, aos poucos, ele também se renovará, como vem acontecendo com os mais novos. Sempre estamos junto deles. Falamos-lhes enquanto dormem, encontramo-nos durante as madrugadas, estamos a intuí-los durante o dia... Também não deixamos de buscar os Espíritos que os acompanham... Irmãos nossos, igualmente nos interessam, e temos conseguido trazê-los a esse recanto de Jesus a fim de abraçá-los, convidando-os à renovação! Enfim, meu querido, por serem, você e sua estimada esposa, *trabalhadores dignos de seus salários**, não estão sozinhos nessa empreitada em momento algum.

Emocionante, não?!

Particularmente, também vivi algo nesse sentido. Passava por problemas, o ano estava difícil, eu alimentava dúvidas, mas prosseguia... Então, certa noite, meu mentor, através de uma das médiuns do grupo, veio conversar comigo pela primeira vez. Até ali só havíamos dialogado durante o sono físico – e é claro que eu nunca me recordava de nada ao acordar. Assim, ele iniciou:

---

*Lucas 10:7

"E ficai na mesma casa, comendo e bebendo do que eles tiverem, pois digno é o obreiro de seu salário. Não andeis de casa em casa."

– Sou eu. O amigo que o acompanha. O seu irmão de caminhada. Como queira... E me foi permitida essa fala para tentar fortalecer em você o ânimo, a confiança, a fé! Conforme temos lhe recordado, quando conversamos durante as madrugadas, a fase em que vive estava prevista, era esperada, estava no seu programa. Mas como você não se recorda dessas conversas, a Bondade Divina nos permitiu reforçá-la enquanto está *acordado*!

O querido amigo falava de forma serena e feliz e, aos poucos, fui me emocionando.

– Estamos sempre juntos! Ah, se você se recordasse! Se pudesse lembrar o quanto somos amigos, e como essa amizade vem de longa data! Estamos caminhando juntos há muito tempo!

Aí eu chorei... E ele prosseguiu:

– Acompanho seus dias difíceis, busco intuí-lo, auxiliá-lo de todas as formas possíveis e permitidas. Mas nós, *daqui*, também temos nossas limitações... Não podemos tudo, nem devemos! Mas juntos venceremos!

Deu um pequeno intervalo antes de recomeçar:

– Quanto a possíveis decisões e escolhas, elas são inteiramente de sua competência. Estamos juntos para auxiliá-lo, mas não podemos interferir em seu livre-arbítrio. Você é o dono de suas decisões. Orientação nunca nos faltará: temos o evangelho do Cristo! Busquemos nele as indicações necessárias!

Então, despediu-se:

— Fiquem todos na paz do Senhor! Que Ele nos abençoe!

Até hoje me emociono por aquela noite. Que merecimento eu dispunha para ser tão confortado? Nenhum! A resposta só pode estar no *acréscimo de misericórdia**, prometido por Jesus!

Assim, voltemos ao início deste capítulo, no trecho de O Livro dos Espíritos, no qual lemos a pergunta "qual a missão do Espírito protetor?" e veremos perfeitamente a definição dos trabalhos desses adoráveis amigos: *guiar seu protegido no bom caminho, ajudá-lo com seus conselhos, consolar suas aflições, sustentar sua coragem nas provas da vida.* Como o fazem? Através de conversações durante nosso sono físico, através de intuições no correr do dia, de livros que nos *convidam* a abrir, de pessoas que nos *orientam* nisso, de lembranças de passagens evangélicas que nos *sugerem*, através de todo amor com o qual nos envolvem! Sempre respeitando nosso livre-arbítrio!

---

*Mateus 6:33

"*Mas, buscai primeiro o reino de Deus, e a sua justiça, e todas estas coisas vos serão acrescentadas.*"

3
O GIGANTE

> *Assim como o germe de um fruto é envolvido pelo perisperma, da mesma forma o Espírito propriamente dito está revestido de um envoltório que, por comparação, pode-se chamar de perispírito.* (O Livro dos Espíritos)[6]

A CERTA ALTURA DO TRABALHO, UM DOS MÉDIUNS, chegada a sua vez, passou-nos a falar das influências espirituais sentidas naquele momento, influências que refletiam a condição do Espírito que a ele se ligava com o fim de se comunicar:

– É muito estranho! Sinto-me gigante! Parece que fui rapidamente inflado e estou muito mais alto que o próprio teto aqui do Centro!...

– Pois bem, meu irmão. Concentre-se e confie em Jesus.

Orávamos os demais, e, após alguns instantes, o Espírito exclamou:

– Agora também não estou enxergando direito, minha vista está embaçada.

– Entendo. E pelo jeito que você fala, há outros problemas além da visão?

– Sim... Há outros – falava pausadamente, como se falar lhe fosse sacrificante naquele momento.

– Pois nos diga: o que mais o prejudica, além da visão?

– Tenho muita tontura. Não tenho mais equilíbrio. Se trocar alguns passos, penso que posso cair. Cair como uma árvore quando derrubada na mata pelo machado.

– Certo. E essa tontura é constante?

– Agora tem sido – respondeu, emitindo um longo suspiro ao final da frase.

– Ela foi aumentando com o passar do tempo?

– Sim. Foi crescendo no correr dos dias.

– Entendo. Mais algum problema, minha criatura?

Ante a pergunta, o Espírito sorriu tristemente e afirmou:

— Muitos outros problemas.

— Bem, se desejar falar sobre eles, estamos aqui para ouvi-lo.

Alguns segundos e o visitante prosseguiu:

— Também sinto enjoos terríveis, além de...

Pequeno intervalo para respirar.

— Fortes dores nas costas.

— Pois bem. O irmão (tínhamos a intuição de estar conversando com um Espírito masculino) precisa de um tratamento médico. Precisa de ajuda, não concorda?

— Começo... a concordar.

— Pois então, sendo de sua vontade, esta casa pode acolhê-lo e tratá-lo ou até encaminhá-lo a instituições mais especializadas, caso haja tal necessidade. Que me diz?

O irmão refletiu por uns instantes e, então, questionou:

— Será que esta casa me aceitaria?

— Sim! Sem dúvidas!

— Mesmo depois de tudo que fiz aqui dentro?

Não sabíamos até ali o que ele tinha feito, mas lhe falamos da fraternidade reinante no ambiente onde estávamos, onde todos os sofredores eram dignos de auxílio. Falamos e aguardamos... Ele retomou seu discurso:

— Sei muito bem o que faz esta casa. Antes mesmo de conhecê-la pessoalmente, já a conhecia de forma teórica. Fui muito bem preparado para aqui estar.

— Que bom que já conhece a casa! Isso facilita as coisas! Mas nos conte mais a respeito...

O visitante silenciou mais uma vez, por instantes, buscando lembranças, e então prosseguiu:

— Depois de serviços bem prestados aos meus senhores, fui escolhido para assumir o papel-chave em um novo projeto, no qual me tornaria um espião, tendo como alvo esta Casa. Espreitaria este ambiente em tempo integral. Teria a obrigação de enviar relatórios diários sobre toda a sua movimentação. Seus trabalhadores, seus serviços, sua rotina... Tanto do lado espiritual quanto do lado físico.

— Certo. Prossiga.

— Depois de muita conversação, meus chefes concluíram que, para efeitos de intimidação, eu deveria me fazer visível neste trabalho. Não seria aquele tipo de espião que age às escondidas, não desejando ser notado. Ao contrário, eu deveria estar às vistas de quem quer que fosse. Deveria, se possível, intimidar os que me avistassem. E, para isso, precisaria passar por algumas transformações *físicas*...

Segundos de silêncio.

– Pus-me à disposição, até porque não tinha mesmo outra saída a não ser aceitar. E o processo de alteração de meu corpo teve início nos laboratórios daquele lugar. Não sei ao certo como, nem quanto tempo por lá fiquei, pois estava deitado em uma maca e meio tonto... Mas, mesmo atordoado, obedecia às ordens a mim dadas durante o procedimento: mandavam-me pensar que eu era gigante. Eu deveria colaborar com o momento e me imaginar um gigante... E eu obedeci. A certa altura, dormi pesadamente e, quando acordei, estava enorme.

Curto intervalo antes de seguir.

– Então, já recuperado, fui trazido para cá a fim de iniciar meu serviço. Como não poderia ultrapassar os limites territoriais desta casa, pois ela tem suas defesas, fiquei no limite exterior de suas fronteiras, vigiando-a por cima de seus muros, a cada hora em um lugar, em um canto... E com uma visão muito favorável, pois minha altura ia muito, muito além da altura dos muros.

Intervalo.

– Eu via tudo... Via por cima... As diversas equipes que aqui labutam, a organização dos serviços, as orientações dadas aos trabalhadores... Via os grupos que, horas depois de terem deixado esta casa, a ela retornavam trazendo muitos Espíritos doentes ou dementados... Muitos chegavam aos gritos, outros silenciosos. Chegavam em macas. Percebia que muitos chegavam sozinhos até aqui. Paravam ali na frente, observavam, observavam e, então, entravam. Via que muitos tinham sua entrada permitida, enquanto outros eram vetados... Via turbas gritarem palavrões e ameaças do meio da rua, após terem tentado invadir sem sucesso este local...

Também assustei muita gente. E isso me dava prazer no início. Mas nenhum desses que aqui trabalham eu conseguia assustar. Assustava aqueles que para cá eram trazidos. Hoje, percebo que nunca causei medo, temor ou mesmo receio a nenhum membro desta casa. Ao contrário. Chegava até a ser por eles cumprimentados! Sorriam para mim!... E isso me desconcertava! Eu não estava aqui para ser cumprimentado!... Mas era. Hoje, confesso que, com o passar do tempo, até passei a simpatizar com alguns deles... De alguma forma, agradava-me vê-los ao correr do dia! Estou até vendo alguns deles agora. Meio embaçado, mas sei que são eles... Eu também via vocês, os *vivos*. Via todos os *vivos* que aqui chegavam... Tanto os que vinham para trabalhar quanto os que chegavam para serem atendidos. Achava engraçado a maioria dos *vivos* chegarem aqui acompanhados por *mortos* e alguns desses *mortos* serem barrados na entrada... E se revoltarem com isso, é claro!... Ah, eu ficaria aqui por muito tempo contando o que vi! E eram essas informações que eram repassadas aos meus chefes...

– Estamos entendendo, meu irmão...

– Até que comecei a ter momentos de tontura. Esses momentos foram se tornando cada vez mais longos, seus intervalos cada vez menores. Vieram as dores nas costas, a visão foi arruinando... Mas ainda antes disso, fui percebendo que meu corpo alongado estava se deformando! Estava, digamos assim, perdendo a forma, entortando... Então me assustei! Ordenei ao serviçal que vinha buscar os relatórios que perguntasse, aos meus senhores, o que poderia estar acontecendo... Mas nunca obtive resposta. A situação foi piorando rapidamente, e, a certa altura, comecei a gemer de dor, passando a andar curvado para a frente... E sem condições de prosseguir espionando o que quer que fosse. Também não vieram mais atrás dos relatórios.

Pequena pausa antes de recomeçar.

– Ao aceitar o abandono em que me encontrava, inexplicavelmente me vi deitado já aqui dentro! Então, fui tomado por um misto de susto e conforto... E ouvi de um desses benfeitores, já conhecido: "fique calmo, querido irmão; vamos cuidar de você!". Não sei o que foi maior: a alegria ou a vergonha! Fechei os olhos e aguardei. A certa altura, moveram-me de um lugar para outro e me orientaram a falar, pois isso me faria bem, e eu estou aqui falando. E mesmo com dores, sinto-me feliz agora. E aceito o convite: irei com eles! Preciso voltar ao normal, diminuir de tamanho... Agora, vão me levar. Muito obrigado por me ouvirem!

– Somos nós que agradecemos, meu caro! Obrigado por nos contar um pouco de sua jornada, nos relatar suas experiências! Saiba que está em um excelente lugar! Entre amigos, entre irmãos! Que Jesus lhe proporcione o melhor tratamento!

E foi retirado.

Ao final do trabalho, conversando rapidamente com o médium que acolheu esse Espírito, o mesmo nos relatou tê-lo enxergado ao final da comunicação. Disse-nos que seu tamanho era o de um poste de rua, e sua *constituição física* fugia àquela natural; seu perispirito estava muito esticado, como se tivesse sido puxado pelas extremidades por alguma engenhoca. Sua largura continuava a mesma de um homem comum, o que o tornava estranho às vistas. E não era só isso: suas pernas e braços estavam um pouco tortos e havia um tumor quase do tamanho de uma bola de futebol um pouco abaixo de sua nuca – daí a razão de estar andando arqueado.

Lembramo-nos, então, dos queridos trabalhadores de Jesus: André Luiz, Manoel Philomeno de Miranda, Yvonne A. Pereira, entre outros, que através de seus livros, mostram-nos a impressionante capacidade plástica do perispírito. Lembramo-nos especificamente do caso relatado por André Luiz, no livro *Libertação*, no capítulo "Operações seletivas", no qual uma mãe, por assassinar quatro filhinhos e o esposo, e se entregar à invigilância moral e ao alcoolismo, acaba sendo dominada, ao desencarnar, por terríveis Espíritos, os quais, através de um processo hipnótico – e por conta do remorso vivido por ela –, acabam por *transformá-la* em uma loba. Segue um trecho do capítulo citado:

– *A sentença foi lavrada por si mesma! Não passa de uma loba, de uma loba...*

À medida que repetia a afirmação, qual se procurasse persuadi-la a sentir-se na condição do irracional mencionado, notei que a mulher, profundamente influenciável, modificava a expressão fisionômica. Entortou-se-lhe a boca, a cerviz curvou-se, espontânea, para a frente, os olhos alteraram-se, dentro das órbitas. Simiesca expressão revestiu-lhe o rosto.

Via-se, patente, naquela exibição de poder, o efeito do hipnotismo sobre o corpo perispirítico.

Em voz baixa, procurei recolher o ensinamento de Gúbio, que me esclareceu num cicio:

– *O remorso é uma bênção, sem dúvida, por levar-nos à corrigenda, mas também é uma brecha, através da qual o credor se insinua, cobrando pagamento.*7

Embora fique claro o hipnotismo como ferramenta para a alteração perispiritual da mulher – a qual se fazia receptiva por força de terríveis remorsos, como já mencionado –, sabemos que a alteração nas tecelagens sutis do períspirito podem se dar por muitas outras formas, partindo, primeiramente, do estado consciencial de cada um de nós. *Somos deuses!** Podemos, através de nossos pensamentos, palavras e ações, harmonizá-lo cada vez mais ou perturbá-lo... O assunto é profundo e vasto, mas podemos, como sempre, recorrer a uma instrução primordial nos deixada por Jesus: *"A cada um será dado segundo suas obras."**.

Mãos *morais* à obra! Cuidemos de nosso perispírito!

---

*João 10:34
"Respondeu-lhes Jesus: Não está escrito na vossa lei: Eu disse: Sois deuses?"

*Mateus 16:27
"Porque o Filho do homem virá na glória de seu Pai, com os seus anjos; e então dará a cada um segundo as suas obras."

4

A DONA DE CASA

SUA PROFUNDA TRISTEZA E ABATIMENTO SE REFLEtiam em seu choro. Impossível não se comover ante tanta dor! Aguardávamos em oração, comovidos, mas confiantes. Mais alguns instantes, e a criatura-irmã passou a falar ainda entre lágrimas:

– Ai... Ai... Ajudem-me!... Sou a mulher mais infeliz do mundo!... Acho que estou enlouquecendo!... Que será de mim?...

– O que acontece, minha irmã?

– Eu sei que morri! – disse, muito emocionada.

Sentindo que a mulher se preparava para continuar, esperamos.

– Não era hora, eu não podia morrer nesse

momento!... E Deus sabia disso!... Que desgraça!... Ajudem-me, eu preciso voltar!... Eu tenho que voltar!... Há de haver um jeito!

Percebemos que, naquele momento, não deveríamos argumentar – seria inútil. Confiantes no ambiente em que nos encontrávamos, sabendo dos seus benefícios, convidamos a sofrida irmã a se lembrar de Jesus. Simplesmente trazer a imagem inesquecível do Mestre à sua tela mental. Aquele seu semblante inigualável, profundamente sereno e bondoso! O convite feito em bom som se estendia também a todos os presentes – deveríamos todos buscar o Irmão Maior! E, enquanto retínhamos a figura do Nazareno, falávamos de Suas qualidades, de Seu amor a todos nós, de Seu compromisso junto a cada um de nós, Seus irmãos menores... Enfim, evocamos a maravilhosa imagem a fim de elevarmos ainda mais a vibração momentânea do ambiente, para que, assim, a irmã recém-desencarnada se tornasse mais receptiva a auxílios movimentados pela Espiritualidade.

E foi dando certo... A mulher foi se asserenando enquanto falávamos...

– *Vinde a mim vós que estais cansados e aflitos e eu vos aliviarei!**

---

*Mateus 11:28

"*Vinde a mim, todos os que estais cansados e oprimidos, e eu vos aliviarei.*"

Mais à frente, mais calma, ela retomou:

— Ah, como isso pôde acontecer? Como? Eu nem estava doente, minha filha, sim, estava, e ainda está, passando por problemas de saúde! Eu não estava! Senti uma dor muito forte e repentina no peito, um mal-estar terrível, e desmaiei. Não sei por quanto tempo fiquei desacordada, mas, quando dei por mim, estava em casa novamente, cheia de dores e sendo ignorada por todos. Aos poucos, percebi que algo muito grave havia acontecido, até que, atenta aos diálogos das filhas, vi que tinha morrido! Foi o pior momento da minha existência! Gritei enlouquecida até desmaiar novamente. E, então, acordei aqui. Sei que estou morta, mas morrer desse jeito eu não posso aceitar!

— Minha irmã, antes de tudo, devemos nos lembrar de que a morte não existe! Você não morreu e comprova isso neste momento! Raciocina, sente, fala...

A irmã suspirou e respondeu:

— A morte é a ausência total de vida. Minha vida eram minhas duas filhas, meu esposo e minha casa! Para mim, estou morta, pois não posso mais viver ao lado deles como vivia! Estou junto deles, em casa, mas não me ouvem... Não posso abraçá-los nem ser abraçada, não posso preparar a comida, não consigo abrir uma porta!... Mas o pior de tudo é não poder consolá-los! Sobretudo a mais velha, de dezoito anos, que está doente, como eu já disse. Está com problemas de estômago! É terrível! – exclamou, caindo no choro novamente.

Prevendo que a nossa irmã se perderia outra vez no desespero, mudamos rapidamente o foco do assunto:

– A irmã é religiosa?

– Sim. Sou católica. Ia às missas de vez em quando. Mas, ultimamente, dispunha de muito pouco tempo. As meninas, o marido e as coisas da casa me tomavam cada vez mais.

– Pois a irmã, então, como religiosa, sabia que a morte em verdade não existe! Que Deus não mataria Seus filhos!

– Sabia. Mas há uma grande diferença entre saber e viver. Entre teoria e prática. Até desconfio que o tão temido inferno seja isso que estou vivendo agora!... Quero minha casa!... Ah, que desgraça!

– Não diga isso, minha irmã!

E passamos a lhe falar da misericórdia divina, sempre maior que nossas dores; da estrutura que o Pai lhe oferecia naquele momento de retorno ao Lar Verdadeiro; do grande número de irmãos que ali se encontravam interessados em auxiliá-la; de familiares já desencarnados que estavam aguardando ansiosos o momento de abraçá-la; de velhos amigos que haviam ficado na Espiritualidade enquanto ela esteve encarnada e que viriam visitá-la...

— Mas e minhas filhas? Não posso deixá-las!

— Tenha calma, sua situação agora é outra. É filha amada que volta à Casa do Pai, devendo a ela se readaptar e permanecer! Quanto à família que fica, vocês nunca estarão separados! A desencarnação não quebra os laços de amor, e o tempo só os fortalece! Estarão sempre juntos! Dizemos mais: agora, na Espiritualidade, você poderá trabalhar muito em prol deles! Poderá preparar o lugar para recebê-los quando o retorno de cada um for ocorrendo — como disse Jesus aos apóstolos: *Vou preparar-vos um lugar.** Também poderá visitá-los quando estiver bem, já adaptada à nova situação. Irá não só vê-los, mas abraçá-los e aconselhá-los durante o sono físico. Sabemos que o momento ainda é de dor, mas lutando pela sua melhora, dia a dia, a adaptação se fará presente! A cada dia estará um pouquinho mais fortalecida! É esse o caminho: esforço e confiança no Pai!

— E o que devo fazer então? — perguntou em tom melancólico.

— Ficar, por enquanto, nesta casa onde nos en-

---
*João 14:2

"*Na casa de meu Pai há muitas moradas; se não fosse assim, eu vo-lo teria dito. Vou preparar-vos lugar.*"

contramos, a partir de hoje. Um grande número de pessoas está hospedado aqui nesses tempos, readaptando-se à vida espiritual.

— Não! — respondeu, assustada. — Não vou ficar hoje, e vocês não podem me obrigar a isso!

— Não estamos lhe obrigando, minha irmã! Só estamos lhe informando o que seria mais interessante à sua situação! Disse bem: ninguém pode obrigá-la! Nem Deus arromba seu livre-arbítrio!

— Desculpe-me, entrei em desespero...

— Tudo bem. Entendemos.

— Sendo assim, vou voltar para a minha casa. Hoje não vou ficar. Ainda não consigo. Agradeço muito pelas orações, por me receberem tão bem, por me auxiliarem a entender melhor este meu momento. Estou me sentindo melhor. Mas agora vou voltar para minha casa. Até logo!

Então, tivemos uma última ideia:

— Irmã, seria interessante que iniciasse esse tão falado processo de readaptação ao mundo espiritual da forma mais saudável possível! E o quanto antes! O retorno total ao seu lar físico não favorecerá em nada essa readaptação! Que tal, então, encontrarmos um meio-termo?

— Não sei... Qual seria?

— A irmã viria até aqui onde estamos, três vezes por semana, ficando aqui o período da tarde... Observaria o funcionamento da casa, conversaria com os trabalhadores daqui, faria novos amigos... Ao fim do dia, voltaria para a residência física. Que tal?

Ela pensou por uns instantes... Então, respondeu:

— Gostei! Mas... Como virei sozinha? Não sei se consigo. Tenho medo de vir sozinha.

— Não se preocupe, alguém daqui irá buscá-la! E, depois, irá levá-la de volta! Que tal?

Sentimos seu sorriso.

— Assim está bom!... Fico satisfeita! Estava voltando triste, pois havia percebido que permanecer em casa não seria o ideal, mas ainda não conseguiria deixá-la de todo. Agora estou contente!

— Que bom, minha cara! Também estamos felizes!

— Até penso que, aos poucos, conforme for me adaptando e fortalecendo-me, quem sabe passe a ficar cada vez mais aqui...

— Essa é a ideia!... Está vendo como Deus é maravilhoso?!

— É... Começo a ver!

Despedimo-nos, a mãezinha se afastou, e a noite prosseguiu.

Pouco antes de encerrarmos os serviços, veio nos falar uma das benfeitoras espirituais do grupo. Após os cumprimentos afetuosos, ela foi direta:

– Imaginem se, neste momento, vocês fossem avisados de que não mais retornariam a seus lares. Que não mais voltariam aos seus familiares encarnados – não da forma que estão acostumados. Que não mais teriam a rotina com a qual já se acham adaptados. E que, daqui a alguns instantes, partiriam conosco para uma cidade espiritual. Afinal, estariam desencarnados e deveriam começar uma nova vida. Imaginem... E respondam a si mesmos a seguinte pergunta: vocês partiriam tranquilos? Sem desespero? Ou algo os prenderia?

Em mim, o cenário criado mais a pergunta final tiveram o efeito de uma bomba! Aceitando a sugestão da benfeitora, imaginando-me um recém-desencarnado, a sensação foi deveras desconfortável! Perdi as referências que me ajustavam à jornada, senti-me oco! Imediatamente, pensei no meu filho pré-adolescente – ao qual me julgo ainda tão necessário –, pensei na esposa, na enteada, nos meus pais, na família como um todo; na minha casa e seu funcionamento; meu trabalho, meus instrumentos musicais, meu futebol, minha cidade, a rotina de tantos anos... Foi doloroso! Senti-me aliviado ao voltar à realidade. Mas fui tomado pela tristeza: há tantos anos no meio espírita, lendo, frequentando cursos, palestrando, participando ativamente do movimento, participando de grupo mediúnico, etc., achava estar mais preparado para a desencarnação! Concluí que estou no meio espírita, mas não tão espiritualizado quanto imaginava; que falo das coisas do Espírito, mas ainda sou muito físico; que cito tanto as colônias e as cidades espirituais, mas nunca me vi retornando a uma delas; que repito ser a morte algo natural, mas nunca pensei realmente na minha própria!...

A amiga espiritual retomou:

— O encarnado não deve esquecer que é essencialmente espiritual, tendo a Espiritualidade como Verdadeiro Lar! Não deve ignorar que está na Terra a fim de desenvolver, através do amor ao próximo, as virtudes trazidas, em gérmen, em seu interior! Que está no corpo de carne para auxiliar a todos, tendo Jesus como modelo e guia! Que sua família são todas as criaturas – encarnadas e desencarnadas, que seu lar é o planeta Terra e seu quintal é o Universo!

Dando sinal de que continuaria, silenciou-se a irmã por alguns segundos antes de retomar:

— O problema é que, quando está encarnado, ele soterra esse pensamento transcendental, optando por viver em um mundo muito menor, restrito, onde ama um número reduzido de pessoas e trabalha para gerar conforto para si e para essas poucas pessoas que estão à sua volta. E, nessa rotina, ele nem vê o tempo passar... E, quando menos espera, volta à Pátria Verdadeira. E volta desestruturado, pois não se preparou como deveria. Retorna à vida espiritual, mas sem condições de desfrutá-la adequadamente, continua vivendo como se ainda estivesse encarnado, o que, então, perturba-o.

Obviamente, não censuramos aqueles que muito amam os seus, ao contrário, sabemos ser plenamente louvável o amor que dirigem àqueles a quem Jesus lhes confiou de alguma forma! O problema está na exclusividade desse amor, voltado a apenas alguns... Na restrição desse mesmo amor em relação ao próximo... No pouco ou nenhum exercício no sentido de buscar amar além dos próprios muros. Fui mãe – e continuo sendo – e também passei por muitas dificuldades ao retornar à Espiritualidade. Hoje, passadas algumas décadas, entendo que esse sofrimento teria sido menor se tivesse saído da minha própria concha quando na carne. Se tivesse buscado ver, no filho do vizinho, o meu próprio filho. Se tivesse me matriculado em algum movimento, organização, que levasse algum benefício aos que sofriam. Se tivesse aceitado que meus familiares são todos filhos de Deus!... Como falei acima, sofri muito no meu retorno ao Lar Maior e, por isso, hoje, é com respeito, compaixão e desejo sincero de ajudar que me aproximo dessas mãezinhas, dessas donas de casa que estão se debatendo nessa volta. Fui tão amparada no meu retorno – mais do que merecia! –, e o mínimo que posso fazer é ajudar de alguma maneira, mesmo sendo ainda tão pequena!

Quando ampliamos nossas fronteiras de amor, nos aproximamos mais de Deus... E, com isso, nos sentimos mais amparados em momentos difíceis, sejam quais forem! Mais facilmente nos adaptamos a novas fases, pois, onde quer que estejamos, estaremos em casa e entre irmãos! Por isso, busquem ampliar o amor que trazem em si! Amem muito e a todos! E que Deus nos abençoe sempre!

Encerrava-se ali a nossa noite. Mas as reflexões a respeito do que ouvíramos e sentíramos nas últimas duas horas só estavam começando. De minha parte, a primeira conclusão que cheguei foi a de que estar no movimento espírita não me garante muita coisa... Já o seu estudo, aliado ao exercício do amor irrestrito junto a todos os meus irmãos de humanidade, esses, sim, garantem!

5
O MENDIGO

— S‍INTO-ME OUTRO.

— Como assim?

— Difícil dizer.

— Entendemos. Sensações não são fáceis de serem traduzidas em palavras, não é?

— Em meu caso, neste momento, essa tradução é muito difícil.

— Certo. Mas que tal, então, se nos contasse um pouco da sua jornada até aqui?

— Ah, a minha jornada! – disse, suspirando ao final.

Aguardamos alguns instantes até ouvi-lo novamente:

— Antes de mais nada, esclareço estar ciente do meu retorno à Espiritualidade. Não sei exatamente há quanto tempo isso se deu, mas foi recente. Também não sei como se deu essa minha percepção, mas aconteceu de forma natural. Percebi que havia deixado o corpo de carne, e pronto. Mas estava diferente.

— Interessante. E não se assustou? Não se perturbou?

— Não.

— Pois bem. E como, então, foi essa sua última reencarnação?

— Não me lembro bem da infância. Algumas poucas recordações apenas. Muitos irmãos, muita miséria, pais tristes... Nada além disso. Minhas lembranças ficam mais claras a partir do início da maioridade... Mais ou menos por aí.

Alguns instantes.

— Fui mendigo. Não sei ao certo quando a mendicância começou. Talvez desde a infância. Só sei que vivi nas ruas. Dormia nas praças, embaixo de pontes, embaixo de marquises, nas portas de prédios públicos... Dependia da caridade alheia para me alimentar e também revirava latões de lixo. Passava o dia andando pela cidade, cumprimentando pessoas, cantando e dançando. Gostava muito de alegrar as pessoas na praça. Nos últimos tempos, eu tinha até um violãozinho de plástico que me acompanhava nas apresentações – rindo nesse momento. – Eu me achava um palhaço. Nesses momentos, esquecia-me de que estava coberto por trapos, que trazia a barba e os cabelos desgrenhados, que os sapatos eram furados e deformados... Eu me sentia muito bem nesses momentos. Sobretudo, quando tinham crianças gargalhando comigo. Era uma beleza! Hoje, vejo que esses momentos eram pequenos paraísos de consolo diante da vida que levava. Afinal, como vocês devem imaginar, vida de mendigo é muito dura. É a fome, o frio, a falta de um lar. É a solidão, o futuro incerto, a invisibilidade. É o sarcasmo, a agressão verbal, a agressão física. Às vezes, passando em frente de alguma casa onde se via sua dona lavando ou já estendendo a roupa, ou varrendo o quintal, eu parava um pouquinho para conversar... E, na maioria das vezes, não era retribuído. Algumas simplesmente me ignoravam e continuavam a fazer o que faziam, outras se antecipavam dizendo não ter nenhum dinheiro, outras ainda me diziam alguns desaforos, além daquelas que ficavam amedrontadas e olhavam para o portão para confirmar se ele estava bem fechado. Uma das últimas lembranças que tenho a esse respeito é a de ouvir de uma dessas senhoras: "passe direto, você é muito fedorento!".

Um silêncio triste se fez por alguns segundos.

Parece que estávamos todos envergonhados, pois éramos ali, nós, os médiuns, a representação da sociedade. A mesma que, de um modo geral, tanto maltrata os moradores de rua, seja com a indiferença, seja com a agressão.

— Mas também havia as mulheres boas. Se não eram muitas, eram decisivas. Sabiam meu nome, guardavam comida para mim, davam-me roupas que ainda tinham condições de uso, davam-me cobertores no frio, ouviam-me um pouco, abençoavam-me... Contavam-me sobre novos lugares onde poderia me alimentar, além de me aconselharem a não dormir em certos locais. Teve uma vez que uma delas dividiu seu pedaço de carne comigo, pois não havia mais mistura a não ser aquela. Naquele momento, não percebi a extensão do ato, mas o percebo agora. Outra me deu uma cesta de Natal, com panetone, suco de caixinha, bolacha e um par de tênis. Foi o melhor Natal da minha vida!

Havia também os homens. E sua maioria zombava de mim, sobretudo quando estavam em grupos. Enganavam-me das mais variadas formas e gargalhavam. Havia os que se aproveitavam de minha disposição para ajudar: uma vez fui levado a um sítio e fiquei lá muitos dias trabalhando duro, sob os olhos de um senhor mal-humorado, que me agredia quando meu trabalho não o agradava. Meu trabalho era levar as madeiras – tábuas – de uma casa que estava sendo desmanchada até o galpão, no fim da propriedade, colocando-as uma em cima da outra, bem certinho. Eu dormia nesse galpão. Comia uma vez por dia, mas sem ter um horário certo. Uma manhã, o cachorro que vivia preso escapou e me mordeu bastante. Fui levado para o hospital e lá fiquei internado. Mas, como acontecia com as mulheres, também havia os homens que eram amigos. Alguns me davam uns trocados, outros me pagavam um salgado com café, ouviam-me um pouco, davam-me paletós, até me defendiam. Esses eu considerava como grandes amigos! Sabia certinho seus nomes, onde moravam e o que faziam. Eu torcia muito por eles!... Ainda torço!

Intervalo antes de recomeçar.

– E, por último, as crianças! Como já falei, a minha grande alegria! Elas sabiam meu nome, acenavam para mim, sorriam e me pediam para cantar e dançar. E eu obedecia com o maior gosto. Aquelas que não me conheciam, no primeiro momento desconfiavam, chegavam a expressar seu medo, afinal, minha aparência não colaborava em nada com a primeira impressão. Mas, aos poucos, eram conquistadas. Uma vez, uma delas, uma menininha, perguntou onde estavam meus pais... Eu chorei e ela ficou assustada. Era um domingo. Domingo à tarde, era o ponto alto da praça!

Ela se enchia de famílias, e eu ficava muito feliz! Só me entristecia quando todos iam embora e eu dormia sozinho, embaixo do coreto. Ou quando o domingo era chuvoso.

Percebendo mais um intervalo, perguntei:

– E sua saúde, meu amigo, era boa? Adoecia com frequência?

– Hoje vejo que minha saúde era muito boa! Tomando por base a falta de alimentação, a vida ao relento, o nenhum cuidado com meu bem-estar, a saúde era boa. Só na reta final ela se complicou. Tive uma gripe muito forte e acabaram me internando. Depois disso, já me entendi fora do corpo. E agora estou aqui.

– Certo.

– Tem mais uma coisa que não falei...

– Esteja à vontade!

– Agora vejo que eu não tinha o juízo perfeito. Eu portava alguma deficiência mental. Percebo agora que era diferente das outras pessoas... Não pela situação social, mas pela forma de ver o mundo, pelo modo de me comunicar, pelos pensamentos e objetivos que me moviam... Pela simplicidade dos raciocínios e dos sentimentos... Pela curta compreensão das coisas... Com certeza, minha idade mental era a de uma criança!

– Que interessante, meu irmão!

– Nunca atinei sobre a gravidade da minha situação. Nunca refleti a respeito da vida que levava. Só vivia, um dia após o outro... Era movido por objetivos curtos. Às vezes chorava, tinha raiva, mas não sabia do que. Mas como era uma criança no corpo de um homem, a tristeza, a raiva, passavam rapidamente!

– E ao que nos parece, ao voltar à Espiritualidade, retomou sua condição mental até com certa rapidez?

– "Retomar"? Interessante o emprego desse verbo! Se retomar é pegar de volta, isso quer dizer que sempre fui assim? Só estava temporariamente limitado mentalmente?

A velocidade de sua conclusão nos surpreendeu. Estávamos impressionados! Com certeza, conversávamos ali com um Espírito de grande intelecto. Demos prosseguimento:

– "Sempre foi assim" não é bem o termo! Fomos criados simples e ignorantes, com uma estrada evolutiva à nossa frente. Crescemos aos poucos, adquirindo assim o conhecimento enquanto vamos caminhando por essa estrada.

– Tudo me é muito novo! Se você se lembra, comecei nosso diálogo dizendo me sentir outro... E que era difícil traduzir essas sensações novas que me faziam ser outro... Mas agora posso tentar, mesmo sabendo que essa tradução ficará aquém da realidade.

– Pois faça!

– Agora, meus pensamentos são rápidos, profundos... Consigo refletir a respeito de qualquer coisa, nada me obstrui! Sinto-me mais leve também! Lúcido, absolutamente lúcido!

– Que maravilha, meu irmão!

– Mas cheio de perguntas! – rindo.

– Que maravilha, meu irmão! – rimos os dois.

– Engraçado, lembro-me de utilizar palavras difíceis enquanto estava no corpo de carne, palavras rebuscadas, às quais sabia o significado, mas não de onde as conhecia! Mas também, como já disse, nunca pensei a respeito. É fantástico o que estou vivendo agora!

– Imaginamos!

– Mas por hoje basta, estão me dizendo, um pouco de informação por vez. Pois que seja! Vou descansar um pouco...

– Faz bem, meu irmão!

– Mas antes, ainda tenho algo a dizer e um pedido a fazer.

— Pois faça!

— Não fui infeliz como mendigo! Inexplicavelmente, eu sentia uma paz interior na maioria dos dias! Amava minha cidade, seus habitantes, seus animais, suas flores! E mesmo quando maltratado, rapidamente esquecia e continuava minha vidinha. Confesso até ter sentido uma ponta de saudade agora!

Rimos, emocionados.

— E o pedido? – perguntamos.

— Tratem com amor os que vivem nas ruas! Ajudem materialmente os que não têm lar, mas não se esqueçam do sorriso, dos segundos de atenção, do respeito! Como falei acima, é uma vida muito dura!... Agora me retiro. Até uma próxima.

Partiu o amigo e, imediatamente, nos lembramos de um caso, estudado recentemente por nós, presente na obra *O Céu e o Inferno*, em que uma senhora, lutando contra as adversidades de uma encarnação muito dura, passou a ganhar a vida humildemente, confeccionando miniaturas e vendendo-as pela cidade. Se já não bastasse, a certa altura ainda ficou completamente cega, não lhe restando outro recurso a não ser exercitar ainda mais sua paciência e esperança. Ao desencarnar, retomando assim sua capacidade espiritual, recordou ser uma grande artista, especificamente uma notável pintora. Extasiada, então, ela pede: *"Pincéis! Pincéis! E eu provarei ao mundo que a arte espírita é o coroamento da arte pagã (...)"*[8]

O caso dessa senhora não é idêntico ao do nosso irmão mendigo, mas ambos nos mostram uma situação presente à nossa condição de encarnados: a restrição, ou o bloqueio – quando isso se faz realmente necessário –, de nossas conquistas intelectuais ou artísticas, para que, sem o acesso às mesmas, tenhamos novas experiências durante a reencarnação, diminuam-nos os riscos de recaídas ou, ainda, acertemos as contas com nosso próprio ser imortal, abalado por arrependimentos e remorsos perante sua consciência profunda. A esse respeito, em outra excelente obra, *Ação e Reação*, de André Luiz, psicografia de Chico Xavier, especificamente no capítulo 19, lemos:

> *Intelectuais e artistas que despendem sagrados recursos do espírito na perversão dos sentimentos humanos, por intermédio da criação de imagens menos dignas, rogam aparelhos cerebrais com inibições graves e dolorosas para que, nas reflexões de temporário ostracismo, possam desenvolver as esquecidas qualidades do coração.*[9]

Interessante, não?!

Em relação à pintora, suas inibições cerebrais não eram graves, ela só não acessava seu potencial artístico, diferentemente do irmão mendigo – este, sim, viveu com graves restrições mentais.

E, mais uma vez, ambos os casos nos mostram a reencarnação como abençoada oportunidade de aprendizados e reajustes, não havendo nela qualquer prejuízo injusto! Aquilo que imaginamos ser problema, percebemos ser, na verdade, uma proposta de crescimento, uma situação interessante ao nosso próprio amadurecimento, ao desenvolvimento das virtudes que dormem em nosso íntimo.

Ainda assim, algum leitor poderá se perguntar: "Mas a Doutrina Espírita não nos fala que o Espírito não retrocede? Não houve um retrocesso nos casos acima?".

Busquemos a resposta em *O Livro dos Médiuns*, no capítulo XIX:

> *(...) pode ocorrer que uma faculdade transcendente adormeça durante um certo tempo, para, com isso, deixar uma outra mais livre, para desenvolver-se; é um germe latente que se reencontrará mais tarde e do qual sempre ficam alguns traços ou, pelo menos, uma vaga intuição.*[10]

Como pudemos ver acima, não houve retrocesso – nenhum desses Espíritos citados perdeu suas aquisições, apenas se viu impossibilitado momentaneamente de acessá-las ao seu próprio benefício.

Há alguns anos, no auge dos CD´s, eu tinha minha coleção. E ela ficava guardada à chave em uma gaveta na estante da sala. Um dia, a chave foi perdida. Como não quis danificar a estante, fiquei sem manusear e ouvir meus CD´s, até que a loja providenciasse uma chave nova. Os CD´s ficaram lá, trancados, inacessíveis... Mas continuavam sendo meus. Quando a chave chegou, muitas semanas depois, foi literalmente uma festa!

6
A PIANISTA

– Como você entrou aqui? – perguntou-nos o Espírito.

Como não tínhamos nenhuma informação a respeito do caso, fomos dando respostas neutras...

– Queria conversar um pouco...

– Mas como chegou até esta sala? Onde estão os empregados, que não lhe barraram?

– É que sou filho de um deles e vim trazer algo que ele havia esquecido em casa.

– E acha que só por isso pode subir até aqui e me interromper? De qual dos empregados você é filho? Vamos, diga-me! – disse, mostrando-se desconfortável com a situação.

— Peço mil desculpas! Meu pai não sabe que subi aqui, vim escondido! Já vou me retirar! Perdoe-me!

— Pois bem, mas saiba que não se faz esse tipo de coisa! É uma considerável falta de educação e respeito!

— Ah, não cometerei mais um deslize como esse! Posso garantir!

— Pois bem. Então, pode se retirar.

Aquele Espírito não chegara à nossa reunião mediúnica por acaso. Um propósito o trazia até ali. Assim, não poderíamos encerrar aquela conversa. Continuamos:

— Sabe o que é, não converso com quase ninguém. As poucas pessoas com as quais convivo são muito caladas. Então, sabendo que estava aqui, subi, com todo o respeito, para trocarmos alguns cumprimentos, mesmo que rapidamente.

O Espírito se comoveu.

— Nossa!... Pobre jovem!... Pois chegue mais perto!

— Com licença.

— Sou muito ocupada, não sabe?

Chegava-nos a primeira informação — e muito importante: conversávamos com uma mulher.

— Posso imaginar, minha senhora!

— Mas mesmo ocupada, sempre podemos dispor de alguns instantes para uma rápida conversa, não é?... Como vai?

— Vou bem, e a senhora?

— Como já disse antes, bem! Mas muito ocupada! Sempre buscando novas melodias, pesquisando e executando...

Era musicista. Prosseguimos:

— Ah, uma boa melodia nos transporta a lugares maravilhosos! Viajamos sem sair do lugar! Será que foi a melodia que me trouxe até aqui?

Ela riu.

— É provável, meu rapaz! Você ouvia lá de baixo?

— Sim!

— É... Os sons do piano são como o vento: entram pelas mínimas frestas e se fazem sentir no ambiente! – disse sorrindo, prazerosa.

Era pianista. Continuamos:

— Realmente! O som do piano é fantástico! Alcança as fibras de nossa alma!... Mas é claro: desde que bem tocado!

Ela riu e concordou. Fomos em frente:

— A senhora pratica quantas horas por dia?

— Todas!

— Todas?

— Todas!... Não posso parar! Caso contrário, posso perder a melodia que vai se formando! Posso deixar escapar uma sequência majestosa e nunca mais encontrá-la, pois elas, as grandes melodias, permitem-se alcançar à base de muito esforço, e apenas por um instante!

— Entendo. Mas a senhora não se alimenta?

— Não sinto fome, a música me alimenta!

— Não dorme?

— Não desejaria, mas confesso cair em um sono doloroso e irresistível às vezes.

— Aí dorme por horas, imagino?

— Não sei ao certo. Mas acho que não, pois, ao acordar, tudo está do mesmo jeito: a claridade, o barulho dos empregados...

— Sai pouco desta sala?

— Deixe-me pensar...

Aguardamos alguns instantes antes de ouvi-la novamente:

— Pois não sei qual foi a última vez que saí desta sala! Parece até que nunca saí daqui...

– Nossa! Mas isso não seria prejudicial à senhora de alguma maneira?

– De modo algum! A causa para a minha permanência aqui é muito justa: desvendar os mistérios da música!

Aí entendemos o que se passava.

A Doutrina Espírita nos explica a respeito da força mental de que todos dispomos, sendo nosso pensamento uma usina de forças da qual não fazemos ideia, por ora, de seu total poderio. Também nos esclarece ser esse potencial ainda maior no ambiente espiritual, pois o ser liberto da carne não enfrenta mais as limitações impostas pelo corpo físico. Assim, através do impulso da vontade, sendo esta consciente ou não, o desencarnado pode desde *construir objetos* até sustentar uma *realidade falsa* à sua volta, na qual ele permanece inserido por força de seus desejos ou de seus remorsos. Livros nos têm mostrado casos interessantíssimos de Espíritos que criaram, à sua volta, um determinado cenário, com tanta realidade, tamanha riqueza de detalhes, que fatalmente nos recordamos, mais uma vez, da afirmação de Jesus: *Sois deuses*!* É a fixação do pensamento, criando e sustentando essa criação, como nos esclarece Yvonne

---

*João 10:34

"Respondeu-lhes Jesus: Não está escrito na vossa lei: Eu disse: Sois deuses?"

A. Pereira, em certo trecho de *Recordações da Mediunidade*:

> (...) *a ilusão da mais positiva realidade, quando nada mais era que criação mental, inspirada nas recordações fortes do passado, sobre a matéria quintessenciada, ou força cósmica universal* (...).[11]

A explicação acima, dada pela inesquecível médium, diz respeito a um atendimento de sua parte, no qual, desdobrada, ia ao encontro de um Espírito masculino, de nome Pedrinho, a fim de ajudá-lo, pois o mesmo vivia preso em um cenário espiritual, por ele criado inconscientemente. Tal cenário era absolutamente semelhante à sua antiga moradia, a qual havia sido completamente destruída há muitos anos. O rapaz ainda pensava estar encarnado e buscava levar sua vida normalmente, mesmo estando muito *doente*. Yvonne narra a respeito do quintal, dos galos ciscando, da sujeira no ambiente, de algumas fracas hortaliças à beira da cerca, da escassez de móveis no interior da deteriorada casinha de madeira, das panelas sujas na pia... Todas essas coisas criadas e sustentadas pela mente do jovem! Inclusive os galos! A missão da médium era retirá-lo dali sem traumas. Era convencê-lo da necessidade de um tratamento fora daquele lugar, em um *hospital*. Ao final, auxiliada por outro Espírito amigo, alcançara o desiderato.

Vivíamos em relação à pianista situação análoga. A mulher já estaria desencarnada há não sabemos quanto tempo! Vivia sua *realidade fictícia*, criada de forma inconsciente, sem nenhuma suspeita de já fazer parte do mundo espiritual. Vivia em sua sala de música imaterial, na parte superior de seu sobrado – o qual provavelmente nem mais existisse também –, cercada por empregados que não via, mas ouvia-os mentalmente, enquanto tocava seu piano...

Então, estabelecemos nossa meta para aquela situação: à maneira do caso acima, vivenciado por Yvonne A. Pereira, deveríamos – rogando o auxílio do Alto, pois de nós nada tínhamos – tirá-la de seu *lar* de alguma forma. Afastá-la de sua própria criação mental, para que, então, pudesse ser ajudada pelos benfeitores espirituais e voltar à realidade. Deveríamos, sem qualquer violência, ao contrário, com toda fraternidade e ética, convencê-la a deixar, mesmo que momentaneamente, aquele seu *habitat*. Deveríamos criar algum atrativo para *trazê-la para fora*! Era isso! Não estávamos ali para revelar sua realidade – ela não acreditaria! Não estávamos ali para aplicar-lhe lições evangélicas – isso não seria de seu interesse. Estávamos ali para romper suavemente uma situação – rompimento esse que seria o primeiro de muitos outros passos, os quais já ficariam por conta dos amigos espirituais. Assim, precisaríamos criar algo atrativo para a irmã... Conduzidos pelos seareiros de Jesus, já havíamos *entrado em seu mundo*, agora deveríamos estimulá-la a se *ausentar* um pouco de *casa*.

Retomamos o diálogo:

— E quando a senhora começou a tocar piano?

Ela sorriu, feliz por buscar tais lembranças.

— Ah, eu tinha cinco anos! Papai dizia que a mulher devia aprender piano e o homem devia aprender a desmontar e limpar sua própria arma! Papai era muito severo, menos comigo. Era sua caçula, e ainda a única mulher. Imagine...

O papai mandava buscar a professora na cidade. Aos sábados, pela manhã, ocorriam as aulas. Foram muitos anos... Até que a professora me sugeriu buscar outros centros para dar continuidade aos estudos. Papai não deixou. Sofri muito, mas não havia o que se fazer. Para me agradar, papai importou o melhor piano que o dinheiro poderia comprar, e ele foi entregue aqui na fazenda. Esse mesmo piano aqui! Importado da Europa!

— Estou vendo! Que beleza!

— E, uma vez por mês, íamos até a Casa da Música para comprarmos partituras novas. Geralmente, Chopin! E aí, nas tardes de domingo, eu me apresentava aos familiares e amigos. Era uma maravilha!

— A senhora se casou?

— Sim. Papai providenciou meu casamento. Mas ele durou pouco. Meu esposo acabou morrendo em um acidente com cavalos. Fiquei viúva, sem filhos.

— Nossa! Meus sentimentos!

— Não me entenda mal, mas isso não me perturbou como se esperava. Pois percebi que teria, a partir de então, mais tempo para meu piano. E assim se deu. Cada vez mais comprometida com essa arte, cada vez mais dedicada a esse objetivo, passei a viver nesta sala e, em resumo, estou aqui até hoje.

— E seus pais?

— Há muitos anos morreram. Meus irmãos foram embora, e eu vivo aqui com os empregados, como já deve saber.

— Compreendo. Mas se me permite mais uma pergunta, qual a razão para tanta dedicação para com o piano? Qual o objetivo da senhora em relação a ele?

— Já lhe falei: descobrir melodias maravilhosas! Sentir o prazer que essas melodias podem me proporcionar! É um arrebatamento!

— Sei...

Ficamos em silêncio por uns instantes antes de retomarmos.

— A senhora nunca pensou em dar aulas de piano a outras pessoas?

– Dar aulas? – perguntou, rindo.

– Sim! Pois com todo esse conhecimento, poderia ensinar com facilidade!

– Olhe... Nunca pensei nisso... Vivi e vivo exclusivamente para a busca que já lhe falei... Não, não me interesso em ensinar.

– É uma pena! Já pensou no prazer que poderia sentir ao ver uma criança executando uma melodia ensinada pela senhora? Na alegria dessa criança ao tocar um instrumento, sobretudo um piano? No quanto a música poderia fazer bem à educação, à vida dessa criança? Sua arte nunca morreria, pois seria sempre perpetuada por seus alunos, e pelos alunos de seus alunos, e assim por diante...

A pianista nos pareceu surpresa.

– Nunca havia pensado nisso. Não tinha tempo.

– Mas sempre é tempo...

– Para mim, não. Já estou velha, desabituada a ter contato com pessoas, a sair de casa, a ir à cidade...

– Faz tempo que não dá umas voltas por essa região?

– Ah, faz!... Muito!

– Então não sabe do centro de atendimento que foi criado aqui perto da senhora já faz algum tempo?

– Centro de atendimento?... Não! O que é isso?

— É um local destinado a acolher e ajudar pessoas que estejam passando por alguma necessidade. Mulheres, idosos, crianças... Também homens que perambulam encontram lá o banho, a alimentação, a cama... E tem escola também!

— Não sabia de nada disso!

— Eu passo por lá toda semana. Sou amigo dos trabalhadores daquele lugar. E veja como tudo se encaixa! Estou me lembrando agora que um desses amigos me perguntou se eu conhecia mais alguma pessoa para ensinar música para as crianças. Já há alguns professores, mas como a demanda tem crescido, mais professores são necessários.

— Não! Eu não posso! Não posso sair daqui! E além do mais, faz muito tempo que não converso com estranhos, sequer vejo pessoas... Não posso.

Deveríamos ter sido mais sutis. Mas não desistiríamos.

— Eu entendo. A senhora tem razão.

— Desculpe-me.

— Mas só mais um pedido: será que a senhora não iria até lá comigo para falar com um dos professores? Tenho certeza de que suas descobertas melódicas, seu modo de trabalho, seus métodos, seriam de grande valia para os professores daquele lugar! A senhora poderia contar a um desses professores a respeito de suas pesquisas, sua música, e, mais tarde, ele repassaria aos outros essas valiosas informações que a senhora lhe transmitiria! Vamos? Seria muito bom!

Silêncio.

– Ah... Não sei...

– Vamos! Há quanto tempo não sai para dar uma volta, mesmo rápida! É pertinho! Tenho certeza de que isso lhe faria bem!

– Será?...

– Com certeza, o Criador não lhe dotaria de tanto talento para que ficasse fechado, escondido, sem alcançar as pessoas e, assim, amenizar suas dores!

Mais uns instantes e nos chega a resposta:

– Pois bem, vamos! Se for unicamente para falar de minha música, meus estudos, tudo bem! Mas disponho de pouco tempo! Não posso me demorar!

– Pois bem!... Vamos então?

Partimos. Com frases como "olha como é bom caminhar", "já estamos chegando", "falei que era pertinho!", a querida irmã se deixava conduzir mentalmente. A *caminhada* foi rápida, em pouco tempo chegávamos ao Centro Espírita, onde então a informamos:

— Pronto, chegamos. Olhe, meu amigo professor está vindo ali! Ele virá falar com a senhora.

— Ah, pois não!

Intuitivamente, apresentei-a ao amigo espiritual:

— Meu amigo, esta senhora é pianista e está aqui para lhe falar um pouco de sua rotina musical. Minha amiga – voltando-se agora à mulher –, pode acompanhá-lo, está em excelentes mãos!

— Com prazer.

Encerrava-se ali a nossa pequena parte nesse caso. Saberiam muito bem, nossos benfeitores, como conduzir a conversa a partir daquele momento.

Em relação ao fenômeno, onde na realidade estaria a senhora quando iniciamos nossa conversa? Já teria sido trazida até o Centro sem perceber?... Talvez... E por que seria interessante a nossa presença de encarnado no início do atendimento? Não poderiam os próprios benfeitores fazê-lo?... Poderiam, mas por se julgar ainda encarnada, a irmã pianista nos ouvia com mais qualidade, sintonizava mais facilmente com nossa condição. E por que a irmã não foi atendida antes?... Tudo tem o seu tempo. Um atendimento prematuro poderia colocar tudo a perder, dificultando atendimentos próximos.

Enfim, ao nosso humilde ver, tudo seguiu as leis de amor e ordem criadas por Deus-Pai.

7
O ESPECTRO

— Sou uma sombra. Um espectro.

Nos dicionários em geral, espectro quer dizer "imagem alongada resultante da decomposição da luz através de um prisma; fantasma; assombração".

— E o que podemos fazer por você?

O Espírito sorriu em um misto de desânimo e sarcasmo antes de nos responder:

— O que vocês podem fazer por mim?!... Ninguém pode fazer nada por mim! – falava de forma lenta e arrastada, como se estivesse cansado.

— Pedimos perdão se nossa pergunta soou arrogante. Realmente, somos muito pequenos, somos miseráveis, e muito pouco temos a oferecer de nós mesmos. Nossa pergunta veio pela força do hábito de nos colocarmos à disposição daqueles com quem tratamos. Nada além disso. Mas se nós pouco podemos, esta casa onde nos encontramos pode muito!

— Você não precisa me falar do funcionamento desta casa. Poupe seu tempo. Eu a conheço muito melhor do que qualquer um de vocês.

— Pois bem, meu irmão. Mudemos a prosa: estamos lhe percebendo cansado. Algum problema de *saúde*?

Instantes de silêncio antes da resposta.

— Quem diria?!... Eu aqui... Sendo visto como vítima, digno de caridade por parte de vocês, "bondosos encarnados"!... Mas vocês não são superiores a mim. Dispenso sua compaixão.

— Realmente, não somos superiores a ninguém. Também não somos bons, pois como nos disse o Irmão Maior, *bom, só o Pai*!* Tampouco o vemos como vítima, pois entendemos que ninguém é vítima de nada, pois tudo o que vivemos são situações buscadas por nós mesmos de alguma forma.

— Pobre criança!... Como é interessante ouvir os

---

*Mateus 19:17
"E ele disse-lhe: Por que me chamas bom? Não há bom senão um só, que é Deus. Se queres, porém, entrar na vida, guarda os mandamentos."

pensamentos de uma criatura pequenina, que não conhece nem sabe de nada!... Ah, a ingenuidade!...

Silenciamos. Ele retomou:

— Mas, de alguma forma que não sei explicar, sinto-me estimulado a contar algo de minha história, ciente de que deverei reduzir muito minha linguagem para ser compreendido. Deverei empobrecer meus pensamentos. Que seja!

— Estamos ansiosos para ouvi-lo!

Ele inicia:

— Sou muito mais velho que vocês. E minha última vida na matéria se deu há muito tempo. E foi relativamente curta. Recebi da lei dos homens a morte, como punição por uma vida de crimes, sem mesmo ter chegado aos quarenta anos. Morri e fui recebido por aqueles que já me acompanhavam sem que eu os percebesse. Fui recebido pelos seres que praticamente me conduziam, quando eu estava *vivo*, por força da sintonia que mantínhamos. Após um terrível mal-estar, fui levado por eles até a cidade das sombras, a qual habitei até há pouco tempo. Lá eu era aguardado pelo chefe de todos daquele lugar. Um ser horrendo, que, ao se apresentar em público, sempre optava pela pior aparência possível na intenção de intimidar, amedrontar seus servidores. Embora a aparência tétrica, ele me tratou bem naquele dia.

Disse que me esperava e que tinha muitos planos para mim, que eu não me arrependeria de servi-lo. Que desfrutaria prazeres de que a humanidade nem imagina a existência. Que seria seu protegido e que nada me aconteceria. Mas deveria, além de servi-lo, nunca errar. Depois, ordenou àquele que me conduzia que me levasse a um descanso merecido. Fui deixado em um salão de festas, como aqueles dos antigos castelos, porém mais sinistro, entre mesas e mesas de carnes variadas, alcoólicos e mulheres nuas, embaladas por uma música hipnótica que nos estimulava o desfrute alucinado de tudo o que havia ali. Não sei por quanto tempo fiquei naquele lugar, e também não sei como não enlouqueci! À medida que ali permanecia, sentia-me mais primitivo. O ambiente era altamente viciante. Às vezes, urrava como um animal... A certa altura, vieram me buscar e fui levado ao chefe já conhecido. Como sabia que eu não queria sair daquele salão de festas, o maioral me garantiu acesso a ele novamente, assim que cumprisse a tarefa que me seria dada naquele momento. Eu deveria seguir, por uma semana, um religioso, morador da cidade que eu também habitara enquanto *vivo*. Deveria espreitar todos os seus movimentos, vinte e quatro horas por dia, e, ao final do tempo estipulado, retornar a meu chefe, passando-lhe todas as informações. Iniciei a missão, voltei com as informações e recebi meu prêmio. E, assim, iniciei minha carreira espectral.

Pequeno intervalo antes de recomeçar:

– Isso foi há bastante tempo, como já disse... Mais de um século. Bem, em pouco tempo, por conta de minha eficiência nas missões que me eram dadas, eu me aproximava cada vez mais do chefe, do dono daquela cidade. Passava mais tempo ao seu lado, desfrutava de regalias maiores, mas me sentia cada vez mais receoso por conta de seu comportamento violento e do seu impressionante poder mental, evidenciado ao punir dolorosamente os que falhavam. Por várias vezes, o vi reduzir seus servidores a formas animalescas ou primitivas, enlouquecendo-os, deixando-os inconscientes. Isso por terem falhado em algum serviço ou por terem sido portadores de notícias desagradáveis aos seus planos. Mas se eu tinha algum receio, também tinha a certeza de que não poderia mais voltar de onde estava. Não existia outro destino para mim a não ser servi-lo. Certo de uma possível falha em algum momento, eu já previa ser também duramente castigado. Só não sabia quando. Se pensei em fugir?... Pensei, mas não tinha forças para isso. Não saberia para onde ir. E provavelmente seria encontrado. Além disso, havia o vício... Mesmo se uma chance de fuga me fosse dada, não deixaria aquele lugar, pois meu vício pelo salão de festas era cada vez maior – e cada vez mais perturbador.

Com o passar do tempo, sem que percebesse, fui

me transformando em uma sombra. De tarefa em tarefa, sempre às escondidas, preferindo agir na noite, na escuridão, e cada vez mais raivoso, não me dei conta da mudança na minha forma. Pensando bem, nem tenho certeza se ela se deu de modo repentino ou aos poucos. Descobri ser uma sombra quando ouvi o relato de um *vivo* a meu respeito... Minha missão naquele momento era enlouquecer um líder religioso, homem importante na região à qual nossa cidade estava ligada. Após tê-lo espionado por um tempo, recebi a autorização para atacá-lo. Deveria pressioná-lo durante o dia e perturbá-lo durante o sono. Nesse tempo, também já tinha meus próprios serviçais. Então, atacamos. E um dia, quando o tal religioso conversava com um de seus auxiliares, ele narrou: "Tenho sido acompanhado por um ser demoníaco! Uma sombra muito escura e fina que flutua rapidamente de um lado para outro e tem os olhos de fogo! Um espectro!". Tive uma confusão de sensações naquele instante: temor, ódio, prazer... Teria sido o meu senhor que me transformara naquilo? – pensava. Com que direito?... Por quanto tempo?... Ficaria assim para sempre?... Mas não seria bom ter tal forma?... Não seria prazeroso ser notado e temido por conta da aparência?... E acaso já não seria mesmo uma sombra a espionar vidas por aí?... Se sou sustentado pelo demônio, como desejar uma outra forma que não seja a sombria, a aterrorizante?... Enfim, acabei me acostumando e prossegui. Não concluí essa missão conforme o planejado inicialmente, mas também não fui castigado, pois alcancei inesperado sucesso em outro ponto, ainda mais valioso do que o primeiro. Mas isso agora não importa.

O Espírito deu um longo suspiro antes de prosseguir:

— Foi mais ou menos nesse tempo que soubemos dos planos para a fundação desta casa. E, é claro, deveríamos tudo fazer para o insucesso deste lugar. O terreno tinha sido adquirido há pouco e os materiais para a construção começavam a chegar. Atacamos de todas as formas: perturbávamos os que trabalhavam para o erguimento da casa — buscávamos criar intrigas entre eles; assediávamos os colaboradores externos; investíamos nos familiares e amigos dos idealizadores da construção, para que a confusão surgisse na jornada de todos... Discórdia, maledicência, calúnia, desânimo, pensamentos de doença, noites em claro... Atacamos em todas as frentes possíveis e tivemos algum retorno. Alguns *vivos* desistiram, abandonaram a causa, não suportando essa pressão geral. Mas outros persistiram. E a casa foi erguida — agora estamos aqui. Mas continuei a espreitá-la, agindo vez ou outra. Acompanhei cada diretoria até hoje. Tinha a ficha completa de todos os que são filiados a este lugar. Nessas décadas, conseguimos afastar muitos, pois, em geral, o homem é fraco, desiste com facilidade, suporta muito pouco as adversidades que lhe chegam. Mas, ainda assim, sempre alguns permaneciam. E essas portas continuavam abertas, em ambos os lados da vida.

Não disponho de muito tempo para falar, então vamos à última parte da história: como vim parar aqui esta noite. Havia algum tempo que vinha sentindo raiva daquele a quem servia. Vinha discordando dele intimamente, buscando evitá-lo ao máximo. Pensando até em alguma forma de vencê-lo, mesmo sabendo que isso seria impossível. As coisas nos nossos domínios não estavam como de costume. Algo nos perturbava. Havíamos sido avisados anteriormente de que os trabalhadores do Cordeiro poderiam estar invadindo nosso espaço. Já estariam até resgatando alguns presos, entre outras coisas...

Interrompemos:

– Quem os avisou?

– Um dos nossos. Um servo experiente que passou a dar pela falta de alguns presos. Além dessa possível falta, ele também dizia ter visto luzes incomuns surgirem rapidamente, vez ou outra, ao longe, o que não era bom sinal. Além disso, confessou estar sentindo o *ar* diferente, como se algo estranho estivesse ocorrendo à nossa volta.

– E como vocês receberam esse aviso por parte do servo?

– Da pior maneira possível! O ódio sentido pelo nosso chefe foi algo nunca antes visto. Ele cresceu, deformando-se ainda mais. Sua revolta foi tão intensa que nossas terras tremeram. Busquei me esconder, pois sabia que sua raiva sempre encontrava alguém para ser dolorosamente castigado. Mas mesmo escondido, ouvia os seus urros e pancadas para todos os lados. O mais interessante foi que, entre esses urros, ele dizia algumas frases... E essas frases me mostravam que ele já esperava por isso... Lembro-me de ouvi-lo dizer a certa altura "se os malditos tempos são chegados, estou mais forte do que nunca!". Então, aquele terremoto, causado por ele há pouco, voltou mais intenso. Tudo começou a ruir... Instintivamente, busquei me proteger melhor para que nada me ferisse e fechei os olhos... Gritos pedindo ajuda vinham de todos os lados... A cidade toda parecia tremer e gritar... Muitos estrondos... Muito medo... Até que senti um toque em meu ombro... Levantei os olhos e vi um rapaz encapuzado, de olhar sereno e semblante confiante... Nunca o havia visto – ele não era dali. Mil perguntas fervilhavam em minha mente, mas foi ele quem falou: "Venha conosco. Você não precisa mais ficar aqui!"... Perguntei quem era, ou quem eram, e ele me respondeu: "Somos seus irmãos!"... Inexplicavelmente, senti um certo alívio. De alguma forma, confiava naquele jovem. Quis chorar, então me veio a raiva!... O que eu era?... A quem eu servia?... De que adiantava ter vivido até ali, até aquele momento?... Tanto me preparei na maldade e agora ela me enojava?... Ou o que me enojava era aquela momentânea fraqueza diante do rapaz?... O que eu era?... Nada além de uma sombra!... Nada além de um espectro!... Como se lesse meus pensamentos, o encapuzado falou: "Acalme-se, irmão! Você é como o filho pródigo que agora voltará às terras do pai". Antes de desfalecer, ainda tive tempo de pensar onde estaria o maldito que, havia pouco tempo, urrava de ódio e que agora tinha sumido. E aquele segundo terremoto? Teria sido mesmo causado por ele? Já não tinha certeza. Desfaleci. Aqui acordei. A este grupo fui trazido. E novamente não sei o que sinto ao certo. Iniciei minha fala de forma soberba, meu discurso foi arrogante. Talvez por medo. Por revolta. Talvez deva pedir desculpas. Talvez tenha sido o despeito por ver que seria ouvido por pessoas às quais combatia e via como inimigas...

Mais uns instantes, antes de concluir:

– Sinto agora um vazio muito grande. Quem

sabe até devo agradecê-los por terem me ouvido. Estão me dizendo que por hoje está bom. Estou muito cansado. Preciso dormir.

O irmão, então, afastou-se. Ficaria sob a tutela de nossa casa espiritual.

Quanto a seu períspirito, ele retomará a forma hominal – só não podemos precisar quando.

Alguém poderá se perguntar: "Como pode ser atendido e recolhido a uma casa espírita um ser tão maldoso?".

Bem, se observarmos o seu discurso, perceberemos uma certa insatisfação de sua parte com a vida que vinha levando. Uma incerteza quanto a quem era e o que deveria fazer, sem falar na antipatia desenvolvida por aquele a quem deveria servir. Enfim, demonstrava, ainda que não admitisse, um cansaço em relação a tudo à sua volta. Ansiava por algo diferente, mesmo que, conscientemente, não aceitasse essa necessidade. Mas o Pai, *que tudo vê em secreto**, que sabe de nossas necessidades antes mesmo de as declararmos, resgatou-o quando o tempo se fez propício.

Alguém ainda poderá estar pensando: "Mas não

---
*Mateus 6:4

"*Para que a tua esmola seja dada em secreto; e teu Pai, que vê em secreto, ele mesmo te recompensará publicamente.*"

deveria ser esse Espírito castigado por tudo o que fez?".

Não existe castigo no Reino de Deus – existe reparação!

Esse irmão será tratado e, quando estiver pronto, iniciará seu processo de reparação, em nova reencarnação. Ao que nos parece, terá muito a reparar, mas poderá caminhar com Jesus ao seu lado, dispondo, então, do *jugo suave e do fardo leve.**

---

*Mateus 11:30
"Porque o meu jugo é suave e o meu fardo é leve."

8
O MÉDICO

— Pois não, meu rapaz? Deseja falar comigo? Quando o assunto é conduzir desencarnados para a casa espírita, no intuito de esclarecê-los e tratá-los, os trabalhadores espirituais responsáveis por essas abordagens se utilizam de diversos modos de fazê-lo. Esses modos de abordagem não estão relacionados a um dia da semana, nem ao fato de ser dia ou noite, muito menos se ligam à ordem alfabética... Essas abordagens variam conforme a realidade de cada Espírito a ser ajudado. Levam-se em conta a capacidade de compreensão desse Espírito, seu estado emocional, o meio onde vive, seu grau de entendimento acerca da própria realidade... Enfim, muitos fatores, os quais definirão a melhor aproximação por parte dos benfeitores. Aproximação essa que irá demandar muito conhecimento, tato, bom senso e, acima de tudo, amor!

E, dentre essas inúmeras abordagens, dizer que há uma pessoa muito interessada em conversar com o Espírito, e que tal conversa seria também de seu interesse, é uma delas. Então, após a anuência do desencarnado, ele é conduzido até aquele que lhe "solicitou essa conversa" – o médium esclarecedor – o qual, geralmente, não sabe de nada. Talvez até tenha sido informado a respeito durante a última madrugada, enquanto seu corpo dormia e sua alma se encontrava com os trabalhadores da casa espírita, mas agora, acordado, não se lembra do que se trata – não conscientemente, mas, sim, inconscientemente, o que poderá favorecer seus argumentos durante o diálogo com o Espírito visitante.

Chico Xavier viveu uma situação dessas. Certa noite, ao voltar para a casa após ter trabalhado no Centro Espírita, como de costume, deu de cara com um Espírito sombrio, em pé no seu quarto, o qual foi logo lhe perguntando:

– Quer falar comigo, Chico Xavier? Mandou me chamar? Pois aqui estou!

O médium mineiro não havia mandado chamar ninguém, não sabia do que se tratava e estava um pouco assustado com a aparência sinistra daquele ser.

Sem a menor ideia do que falar, percebeu Emmanuel surgir ao seu lado. Mais aliviado, ouviu de seu Guia:

— Confirme, Chico! Não negue! Diga que realmente você pediu para falar com ele.

O médium percebeu que Emmanuel não era visto pelo visitante. Então, pensou um pouco e respondeu:

— Sim, meu irmão. Pedi para conversar contigo, sim.

— Então, fale!

— Sabe o que é, meu irmão? Esta semana está tão difícil para mim, que tenho conversado com todos que conheço, pedindo para que orem por mim diante daquilo em que acreditam!

O visitante não gostou nada da resposta, mas, ante a humildade e a simplicidade do médium, nada pôde fazer a não ser reclamar:

— É, Chico Xavier!... Você não está fácil!... — sumindo logo após.

Facilmente deduzimos ser essa visita a Chico Xavier, de alguma forma, positiva ao visitante, ainda que naquele momento isso não ficasse claro ou não fosse visto dessa forma pelos interlocutores. Havia uma causa interessante para aquele contato, obviamente.

Seguindo, então, esse exemplo, certos de que os benfeitores espirituais não nos trariam um Espírito para o diálogo sem visarem aí algum benefício, confirmamos também ao nosso visitante o desejo de lhe falar.

— Sim, minha criatura amiga! Queríamos lhe falar, sim!

— Pois então, cá estou! Esteja à vontade!

Com Jesus Cristo em nossa mente, fomos *tateando*...

— Mas antes, diga-nos, meu amigo, como tem passado?

— Ah, muito ocupado!

Disse "ocupado" — Espírito masculino. Prosseguimos.

— Imaginamos... E, antes de qualquer coisa, queremos lhe agradecer por ter-se disposto a conversar conosco por uns instantes!

— Ah, faço-o com gosto! Mas peço celeridade em relação ao assunto, pois preciso voltar logo ao hospital, meus pacientes contam com minha presença!

Era médico. Seguimos:

— Pois aí está a razão dessa nossa conversa! Queríamos que o senhor nos contasse um pouco da rotina de seus serviços lá no hospital.

— Mas é isso? Com que finalidade?

— Queremos nos preparar para, no futuro, quem sabe, trabalharmos também em um hospital.

— Bem... Se é isso... Pois não! Vejamos... Os afazeres são muitos, e os recursos e funcionários são poucos.

— Há quanto tempo trabalha lá?

— Ah, há muitos e muitos anos! Até já perdi a conta do tempo!

— Trata de todos os doentes em geral?

— Sim, de todos!... Não há como não ser dessa forma, não é? As moléstias são variadas.

— Sim, entendemos. E quais são os problemas mais comuns?

— Você diz as doenças mais comuns?

— Sim.

— Bem, são aquelas que, em geral, têm assolado as populações! A varíola, que é causada por um vírus, que se instala na garganta e fossas nasais, provocando febre alta, dor de cabeça, dor nas costas, abatimento, erupções avermelhadas na garganta, boca, rosto e resto do corpo. Além das bolhas cheias de pus em estágio mais avançado, as quais provocam dor e coceira intensa. Difícil tratamento!

Temos a tuberculose com sua tosse, além do catarro, febre, sudorese, cansaço, dor no peito, emagrecimento... Escarros com sangue nos casos mais graves. Também trato com regularidade essa doença.

Há também o tifo: febre, dor de cabeça, calafrios, delírio e manchas rosadas.

Surpreendemo-nos! O doutor falava de doenças – à exceção da tuberculose – muito incomuns nos dias de hoje! A varíola já está erradicada há décadas!

Sem perceber nossa surpresa, ele prosseguiu:

– Há também as quebraduras, os cortes, as fraturas, os vômitos... Enfim, todos os males que podem alcançar o homem, seja por sua invigilância, seja por casualidade – ou falta de sorte, se preferir! – disse, rindo.

Que situação complexa! Dialogávamos com um Espírito que havia sido médico e que ainda acreditava-se encarnado, que permanecia no hospital onde trabalhara até sua desencarnação – ao menos era o que nos parecia –, que tratava de muitos pacientes que – também ao que nos parecia – já estariam desencarnados, embora ainda também se imaginassem no carro físico, muito doentes!

Que fazer?... Buscar o Médico Maior mais uma vez e tocar em frente. Prosseguimos o diálogo:

— Perdoe-nos a insistência, mas como o senhor os trata, doutor? Medica-os oralmente, conversa com eles?

— É claro que sim! Estou sempre a medicá-los, a ouvi-los, a confortá-los... A alguns chego a ser franco, avisando-lhes da morte iminente, já que não há mais o que fazer em seus casos!

— Tem ajuda de enfermeiros?

— Já tive, há muito tempo. Um dia, essa ajuda desapareceu. Os enfermeiros devem ter desistido. Hoje trabalho sozinho, sou o único profissional de minha ala.

— Nunca pediu ajuda?

— Não preciso. Prefiro fazer tudo sozinho. Sou um tanto desconfiado.

— Entendemos. Mais uma pergunta: ninguém vai procurá-lo em sua ala? Algum outro médico? Alguém que o convide para uma volta, uma conversa?...

— Uma vez ou outra, sou abordado por um outro médico... Mas já falo sobre minha falta de tempo e ele se afasta. Ah, foi ele quem me pediu para vir até aqui! Garantiu-me que ficaria com meus pacientes e que nosso assunto seria rápido. Pensando bem, não sei como aceitei sair de lá. Em condições comuns, nunca aceitaria. Mas o colega médico soube me envolver de alguma forma e cá estou. E, falando nisso, é melhor voltar ao hospital. Acho que já falei tudo.

– Mais uma pergunta, meu caro: algum paciente recebe alta? Vai embora para casa?

O médico nos pareceu surpreso com a pergunta. Pensou, pensou e respondeu:

– Que eu me lembre, não. Eles não apresentam condições de receber alta.

– Certo. E chegam pacientes novos?

– Isso sim...

– A ala é sempre a mesma?

– Sim...

– Quem traz esses novos pacientes até sua ala?

– Bem... Só pode ser algum funcionário do hospital. Estou sempre muito atarefado, quando dou por mim, o paciente já está lá...

– Certo. Disse que nenhum recebe alta... Como faz então, se só chegam pacientes e nenhum sai? Como vão sendo acomodados? Pois em pouco tempo a ala não suportaria tanta gente, não é?

Novamente, o doutor nos pareceu surpreso com a pergunta.

Pensou por um tempo, buscando uma resposta:

– Bem... Deixe-me ver... Estou sempre correndo... Nunca atinei para isso... Vejamos... Talvez seja o mesmo funcionário que traz os pacientes... Traz e, depois de um tempo, volta para buscar...

— Mas sem a sua autorização? De que então adiantaria ao funcionário trazer o paciente e depois levá-lo sem que tivesse tido alta? Ou seja, sem o tratamento concluído?

— Bem...

— Tenho certeza de que o senhor já deu por falta de um ou outro paciente, não deu?

Um pouco hesitante, o médico afirmou:

— Sim... Isso ocorre...

— E não fica intrigado com isso?

— Não tenho tempo para isso... Preciso atender os que ficam...

— Mas é estranho, não?... Diga-nos mais uma coisa: o senhor se alimenta? Dorme? Volta para casa?

O doutor, evidenciando seu desconforto, respondeu de modo afobado:

— Não, não, não!... Não posso sair de lá e também não tenho fome!

— Mas como isso seria possível? Trabalhar tanto e não se alimentar?

— Pois é assim! Não sei como! Não sei a causa!...

Aguardamos uns instantes. O Espírito deveria se acalmar para raciocinar melhor. As perguntas tinham mexido com suas emoções, então, agora seria interessante que se tranquilizasse para refletir a respeito.

Então, reiniciamos a conversação. E nossa abordagem foi equivocada!... Erramos!

Havia anos que frequentávamos o grupo mediúnico, onde permanecíamos apenas na concentração, pois não portávamos mediunidade ostensiva. Então, certa noite, o companheiro diretor do trabalho nos convidou a, a partir da próxima semana, dialogar com os Espíritos. Aceitamos o convite! Preparamo-nos ainda mais no correr da semana e, na próxima reunião, passamos às conversações. E o caso descrito neste capítulo foi dos primeiros que vivenciamos. Obviamente, estudávamos a Codificação, bem como já havíamos lido alguns livros que especificamente orientavam os diálogos em trabalhos mediúnicos; assim, achávamo-nos minimamente preparados, caso contrário não teríamos aceitado o convite. Mas não tínhamos a experiência, a vivência nessa tarefa. E pela inexperiência, ao voltarmos à conversação com o médico, fomos por um caminho errôneo. Não que hoje sejamos infalíveis, longe disso – entre nós todos, o único infalível foi Jesus! –, mas, por conta da prática aliada aos estudos, julgamos ter agora um pouco mais de traquejo nesses diálogos... O que não tínhamos à época, dez anos atrás.

Então, reiniciamos, prontos para "esclarecer" o irmão médico! Sem maiores rodeios!

— Doutor, diga-me uma coisa, em que ano nós estamos?

— Que pergunta, meu jovem?! Estamos em 1940!

— O senhor acha que estamos em 1940?! É isso?!

O médico estranhou a pergunta.

— E em que ano estaríamos?! O que você deseja, meu rapaz?! Que conversa é essa?! Não estou lhe entendendo!

— Meu caro doutor, nós estamos no ano de 2006! Século 21, 3º milênio!

— Meu rapaz, você realmente está confuso!

— Não, doutor! Estamos certos! O que acontece é que o senhor já fez sua passagem há muito tempo! Já retornou à Espiritualidade, ao que parece, há décadas! Mas continua vivendo como se ainda estivesse encarnado! Continua na mesma rotina que mantinha quando ainda estava *vivo*! Não se desprendeu de seu passado! Veja, doutor...

Ele nos interrompeu, um pouco exaltado:

— Meu rapaz, agora chega! Entendi por que fui

convidado a aqui estar esta noite: vim buscá-lo para tratamento psiquiátrico! Você está adentrando a insanidade! Conversa bem por instantes, mas não consegue sustentar sua lucidez! Você precisará de medicação adequada! Posso cuidar de você! Venha comigo!

Em desespero, por percebermos nosso equívoco, tentamos ainda convencê-lo:

– Não, doutor! Nós não vamos a lugar algum! O que lhe falamos é a mais pura realidade! Pense um pouco, doutor!

– Pois, então, serei direto: não tenho poder para levá-lo à força, nem disponho de tempo para desperdiçar! Você precisa de tratamento, sua situação só irá piorar, mas se não aceita vir comigo, paciência! Até logo! Estou voltando para o hospital! Passar bem!

– Doutor?... Doutor?... Só mais um instante!... Doutor?...

O Espírito se retirou. Não sabemos se voltou imediatamente ao hospital ou se os benfeitores da casa conseguiram convencê-lo a ficar para maiores conversações, as quais ocorreriam exclusivamente no invisível.

Talvez você esteja se perguntando: "Se poderiam os Espíritos conversar unicamente na Espiritualidade, por que dialogar primeiro com um encarnado, em um trabalho mediúnico?".

Divaldo P. Franco nos esclarece a respeito no livro *Diretrizes de Segurança*:

> *As entidades que se comunicam em estado de necessidade carecem do chamado fluido animal, ou fluido magnético animal,* [grifos nossos] *como afirma Allan Kardec em O Livro dos Médiuns, e essa sintonia faz com que se aprimore a assistência, facilita o serviço do bem na mediunidade, e é essa a oportunidade que os Céus concederam a nós outros, os homens da Terra, para que, ao mesmo tempo em que estejamos crescendo, cooperemos também para o crescimento dos outros, enxugando as nossas lágrimas com o mesmo lenço que enxugamos as lágrimas alheias.*

Em relação ao nosso erro, não deveríamos ter escancarado ao doutor sua real situação. Ele se sentia *vivo* demais para se acreditar *morto*! Ainda no livro citado acima, Divaldo nos afirma que *esclarecer o Espírito* [a respeito de sua desencarnação] *no primeiro encontro é um ato de invigilância e, às vezes, de leviandade (...). Dizer a alguém que (...) aquilo é a morte, necessita de habilidade e carinho, preparando primeiro o ouvinte, a fim de evitar-lhe choques, ulcerações da alma.*

O Espírito deve ser esclarecido de sua desencarnação apenas *quando possa receber a notícia com a necessária serenidade, a fim de que disso retire o proveito indispensável à sua paz. Do contrário, será perturbá-lo (...).*[12]

E o nosso médico ainda não se encontrava nas condições desejáveis ao real esclarecimento.

Aos nossos olhos, o caso se encerrou.

Mas a lição permaneceu!

Ah, mais uma coisa: e os pacientes atendidos pelo nosso médico, eram reais? Estavam realmente internados no hospital?

Sim!

Vejamos o que nos diz o *O Evangelho Segundo o Espiritismo*, em seu capítulo três, "Há muitas moradas na casa de meu Pai", sobre as possíveis situações vivenciadas por um Espírito recém-desencarnado:

> (...) *Segundo ele* [o Espírito] *seja mais ou menos depurado e desligado dos laços materiais,* **o meio em que se encontra,** [grifos nossos] *o aspecto das coisas, as sensações que experimenta, as percepções que possui, variam ao infinito;* **enquanto que uns não podem se distanciar da esfera em que viveram,** [grifos nossos] *outros se elevam e percorrem o espaço e os mundos; enquanto certos Espíritos culpados erram nas trevas, os felizes gozam de uma claridade resplandecente e do sublime espetáculo do infinito; (...) também há, pois, várias moradas, embora não sejam nem circunscritas nem localizadas.*[13]

9

A MÃE E A FILHA

Os que desencarnam em condições de excessivo apego aos que deixaram na Crosta, neles encontrando as mesmas algemas, quase sempre se mantêm ligados à casa, às situações domésticas e aos fluidos vitais da família. (Missionários da Luz)[14]

1º CONTATO.

O choro agitado refletia seu desespero. Uma dor tão grande que, em um primeiro momento, tivemos a impressão de que seria impossível consolá-la!

A certa altura, entre lágrimas, passou a dizer algumas coisas:

– Como pôde isso acontecer?!... Eu não poderia ter morrido!... Não poderia!... E agora?!... Ah, não!...

Tentamos uma primeira abordagem:

— Minha criatura, vamos nos lembrar de Jesus!

Mas, assim como aconteceria nas próximas tentativas, não logramos êxito. A criatura prosseguia apenas repetindo as mesmas palavras, entrecortadas pelo choro:

— Como pôde?... Ajudem-me!... Não!... Ah, não!...

Então, percebemos a impossibilidade do diálogo naquela noite. Deveríamos apenas orar em prol daquele Espírito, emitindo alguma frase de carinho e consolo, sem a pretensão de dialogarmos.

Sabíamos estar tratando com uma mulher — havíamos sido avisados pela médium que a acolhia naquele instante —, então oramos em voz alta, pedindo a Jesus o devido auxílio à sofrida desencarnada.

Aos poucos, ela foi adormecendo, adormecendo... Diminuindo o volume da voz... Reduzindo o choro... Até se entregar definitivamente ao sono.

Aqueles que não sabem o que se passa no *invisível* de um trabalho mediúnico podem até achar que o atendimento acima foi em vão, pois não houve um diálogo proveitoso. Enganam-se!

Dos benefícios recolhidos pelo Espírito, durante sua comunicação em uma reunião mediúnica compromissada com o evangelho, aqueles possivelmente gerados pelos esclarecimentos por parte do dialogador não representam senão uma pequena parte do todo.

A atmosfera da casa espírita – saturada de energias harmoniosas –, as vibrações saudáveis emitidas por parte dos trabalhadores espirituais, o terapêutico choque anímico – vivenciado pelo Espírito ao entrar em contato estreito com o grupo mediúnico –, as orações fraternas que lhe são emitidas pelos médiuns durante esse contato, o diálogo com o médium esclarecedor, além de outros auxílios de que nem sabemos ainda, formam o conjunto dos benefícios espirituais voltados ao desencarnado.

Assim, mesmo não tendo havido diálogo entre nós e a irmã em questão, não há a menor dúvida do volume de auxílio por ela recolhido.

E a noite prosseguiu.

2º CONTATO.

Na próxima reunião, uma semana depois, em dado momento do trabalho, ouvimos por parte de uma das médiuns do grupo:

– Lembram-se daquela senhora que na semana passada eu recebi, mas ela só chorava, muito nervosa?

– Sim! Tanto que nem conversamos...

— Ela está aqui mais uma vez.

— Pois vamos lá, então!

Dali a instantes, o Espírito passou a narrar sua situação. Chorava, mas não mais em total desespero como na semana anterior.

Disse-nos estar melhor, embora ainda padecesse deveras. Revelou-nos sua permanência ali na casa desde nosso último encontro, dias antes. Não saíra daquele local, ficando sob o amparo de incansáveis e amorosos trabalhadores de Jesus, sediados na casa espírita.

— Fiquei aqui, pois estava esgotada *física* e mentalmente. Não conseguia sequer caminhar. Então, dormi. Dormi por um bom tempo. Agora, estou um pouco mais forte. Estou sendo muito auxiliada. É reconfortante receber tanta ajuda! — lágrimas. — Quanta bondade!

— Assim trabalha Jesus Cristo, minha irmã: sempre nos consolando e nos fortalecendo... Para, então, termos condições de programarmos nossos próximos passos!

— Então, aí está meu problema: não me sinto firme para dar passo algum.

— É que esse ainda não é o momento para dar passos, minha irmã. Está ainda na etapa do consolo e fortalecimento.

— Realmente, irmãos a me consolarem não me faltam. Estou mais aliviada.

— Que bom!

— Mas ainda me desespero ao pensar no que virá! — lágrimas novamente.

— Não pense no amanhã, concentre-se no hoje! Não vá longe com seus pensamentos, pois eles alimentarão dúvidas torturantes em seu íntimo!

Mais lágrimas.

— Entendo...

— Seu futuro será glorioso, minha irmã! O futuro de todos nós será! Somos filhos de Deus, projetados por Ele para sermos muito felizes! Assim se dará! Esteja certa disso!

— Sim... Sim... É muito bom quando pensamos dessa forma... Temos um pouco de paz!...

— Por isso devemos nos esforçar para permanecer nessa faixa mental, minha querida! Pois ela nos leva ao encontro com o Pai, que está sempre pronto a nos receber nos braços!

— Sim...

— Imaginamos que a irmã vá continuar aqui conosco, ficando mais um tempo nesta casa...

— Sim.

— Está gostando daqui?

— Ah, se não fosse este lugar!... Ah, se não fosse esta casa!... Eu teria enlouquecido! Devo a este lugar e a todos daqui o pouco de equilíbrio que tenho alcançado!

Então, tecemos mais algumas considerações acerca de Jesus e sua misericórdia, expressada naquela casa querida por todos aqueles que ali labutam visando nosso bem.

Ao final, novamente em lágrimas, a irmã agradeceu e se despediu.

3º CONTATO.

Não sabemos ao certo, mas muitas semanas depois fomos informados, mais uma vez pela mesma médium, sobre a presença da irmã desencarnada já conhecida em nossa reunião mediúnica. Ficamos felizes pela oportunidade de conversarmos mais uma vez, de sabermos como a mesma estava.

— Estou melhor, feliz por estar conversando com vocês novamente!

Ainda havia melancolia em sua voz, mas não mais lágrimas. Ela prosseguiu:

— Hoje posso lhes contar o que me ocorreu nos últimos tempos.

Suspirou, aguardou uns instantes e iniciou:

— Desencarnei há alguns meses, por conta de uma doença muito comum nos tempos de hoje. Depois de muito lutar, de muita dor, o corpo não mais resistiu. Inconsciente, adentrei a Espiritualidade sendo conduzida por mãos fraternas até um hospital no plano espiritual, próximo da Terra. Quando despertei, ainda em dores, julguei estar em algum hospital de cidade grande. Indaguei por meu marido e filhos, e nada me foi respondido diretamente. Até que comecei a ouvir minha filha chorando muito! Comecei a sentir seu desespero! Até sua revolta!... Não sabia como aquilo estava se dando, mas ouvia perfeitamente minha filha, sentia tudo, toda a sua dor! Sentia com tanta fidelidade, que me perturbei rapidamente! Então, para piorar o quadro, passei a ver minha filha deitada em minha cama, em casa, aos berros, gritando por mim! Não entendi nada, mas me desesperei ainda mais! Não conseguia mais respirar direito, as dores voltaram com toda a força e, tomada por um pânico terrível, passei a chorar e a gritar também... Como acontecia com minha filha.

Alguns instantes antes de continuar.

— Foi aí que, inexplicavelmente — ao menos naquele momento para mim –, me vi grudada à minha filha, no meu quarto, chorando e gritando junto a ela!

Vi que meus outros dois filhos e meu marido tentavam acalmá-la, embora também estivessem nervosos... Agarravam-na com firmeza para que parasse de se debater. Aí foi demais para mim! Sentia-me em um filme de terror! Perdi a razão, o raciocínio... Enlouqueci. E desmaiei.

Silêncio.

– Também não sei por quanto tempo fiquei desacordada, e, quando despertei, estávamos em um hospital, internadas no mesmo leito, eu e minha filha. Ela tomava soro na veia, muito pálida, olhos fundos, abatida, cabelos desarrumados. Estava muda e distante. Hoje sei que estava medicada por fortes calmantes. Meu marido estava sentado na poltrona ao lado, em silêncio, triste. Tentei falar com ele, mas eu estava muito cansada, a voz não saía. Após grande esforço, questionei-o a respeito do que se passava. Ele não me respondeu. Adormecemos eu e minha filha. Quando acordei, tudo continuava na mesma, só o marido, que agora também dormia. Então, ainda muito cansada e com dor, passei a buscar uma resposta para o que estava acontecendo. "Seria um sonho malévolo?" – perguntava-me. Nesse momento, entrou no quarto uma enfermeira para medicar minha filha. Já era noite, a TV estava ligada. Foi aí que perguntei à enfermeira o que estava acontecendo... E nada. Ela nem sequer me olhou. Então, chorei ao vê-la sair do quarto – ela era uma esperança. Mais uma vez, adormeci, com a impressão de ser eu quem havia sido medicada, embora tivesse visto muito bem: a medicação havia sido aplicada em minha filha. Acordei pela manhã, rodeada por meu marido, o outro filho, uma enfermeira e um médico. O médico falava sobre minha menina, a medicação usada, o possível tempo de internação... Até que ele disse algo que me desequilibrou gravemente outra vez... Ele falou com essas palavras: "Indiscutivelmente, a morte da mãe, com quem ela tinha uma ligação muito forte, acabou gerando esse desajuste. Isso é comum a algumas pessoas, pessoas que não suportam a perda, não sabem lidar com o luto!". "Eu, morta?!" – gritei, desesperada. E prossegui negando essa possibilidade, cada vez mais agarrada à minha filha, que, mesmo dormindo, começou a se debater à medida que eu enlouquecia novamente. Ai, ai... O pior é que lá no meu íntimo, mesmo em desequilíbrio, eu sabia que o médico dizia a verdade. Eu pressentia isso de alguma forma. O medo que me tomava era imenso... Eu chorava de medo... Nada mais fazia sentido... E o que viria a partir dali?... E a distância dos meus filhos, de meu marido e, em especial, de minha filha?... E minha casa?... Então, além de medo e desespero, passei também a experimentar a revolta! Passei a questionar Deus! Como poderia me levar sem que minha família estivesse toda encaminhada? Que Pai era esse que preferia o sofrimento dos filhos?... Enfim, indignação... E novamente fui tomada por muita fraqueza, e acabei desfalecendo mais uma vez. Mas, antes disso, ainda prometi que não me afastaria um centímetro de minha família.

Hoje estou ciente de que tudo ocorreu conforme previa minha jornada reencarnatória. Mas, naquele momento, eu não fazia a menor ideia sobre a justiça da situação. Nem gostaria de saber, pois estava também revoltada, e a revolta, ao menos nos primeiros momentos, torna-nos surdos aos apelos da razão. Como disse, hoje começo a entender e, com o entendimento, começo a aceitar, e, com a aceitação, o sofrimento é diminuído, embora ainda sofra bastante. Mas voltemos ao hospital: acordei depois de não sei quanto tempo, ainda no leito com a filha, e comecei a chorar baixinho, sem forças, sem ânimo, sem perspectivas. Então, lembrei-me de Jesus! Seu semblante doce, seu olhar sereno, vieram-me à mente... Foi quando pedi a Ele que me ajudasse de alguma forma, pois não suportava mais aquela situação. Chorei ainda mais, mas agora um choro um pouco diferente. Sentia um certo alívio, como se uma brisa me chegasse ao rosto, acalmando um pouco as coisas. Então, uma enfermeira entrou no quarto – essa era desconhecida, ao certo iniciara o turno havia pouco. Veio até minha filha e a acariciou, sorrindo levemente. Sua expressão era suave, doce... Pensei enquanto a observava: "Que pena não podermos conversar". Então, para minha surpresa, ela me encarou sorrindo e me respondeu: "Podemos sim, minha querida! Estou aqui para isso!". Acho que não preciso dizer da emoção daquele momento, não é?! Quando percebi, estava abraçada àquela criatura bendita, enviada ali por Jesus para me ajudar. Então, chorei e lastimei, agarrada àquela mulher que, naquele momento, era uma mãe para mim. Ela me ouviu pacientemente, sempre me abraçando. Ouviu-me sem nada dizer, afagando meus cabelos. Falei o quanto pude. Depois de tudo ter dito, de ter chorado tudo o que podia, ela passou a falar. Sua voz era um bálsamo e suas palavras me confortavam, pois falavam de Jesus e de sua vitória sobre a morte! Ao final de uma belíssima explanação, disse-me que era hora de irmos para outro hospital, um mais compatível à minha realidade, voltado exclusivamente às minhas necessidades. Senti muito medo outra vez. Pensei seriamente em não sair dali, mas acabei indo. Porém, ao me afastar de minha filha, voltei a me desequilibrar e cheguei a esta casa em tumulto íntimo. Então, fui trazida a este primeiro contato com vocês, mesmo sem nada entender, praticamente sem perceber. E o resto vocês já sabem. Ou podem imaginar. Tenho ficado aqui, recebendo todo o auxílio que este local e essas pessoas queridas podem me proporcionar. Estou bem melhor, mas, como já disse, ainda sofro. Tenho certas crises, mas sei que dias melhores sempre virão. Ficarei aqui por mais um tempo antes de seguir para minha cidade espiritual – e isso me deixa mais tranquila. Meus familiares, sobretudo minha filha, estão recebendo todo o amparo possível. Minha menina está bem melhor, conforme fui informada. Também sei que estarei sempre junto deles, meus familiares, pois estamos unidos pelos laços do verdadeiro amor – nossas ligações vão muito além da matéria! Afinal, como nos fala o *O Evangelho Segundo o Espiritismo* – estudamos esse trecho ontem –, *Não há de duráveis senão as afeições espirituais;*[15] Até um dia!

10

A TRABALHADORA

A MÉDIUM CONTOU ESTAR SENTINDO UMA VIBRAção muito boa, uma sensação agradável, suave... E que esse bem-estar lhe era causado pela aproximação de um Espírito feminino, o qual dali a segundos passaríamos a ouvir:

– Ah, estou um pouco envergonhada! – falava com certa timidez.

– Não há de que se envergonhar, minha criatura! Estamos todos no mesmo barco, somos todos irmãos!

– Eu sei. Desculpem-me. É que não sou muito acostumada a conversar. Ainda mais aqui, com vocês, neste trabalho...

— Deixe disso! Saiba que para nós é um prazer recebê-la e ouvi-la! Mas nos diga: como vai?

— Muito bem, graças a Deus! Trabalhando! Agradecida pela oportunidade de ser útil em alguma coisa, mesmo sendo ainda tão pequena!

— Ah, o trabalho! Não é por acaso que dizem ser ele uma bênção, não é, minha irmã?

— Sim, sem dúvida!

— Mas nos diga: onde trabalha?

— Aqui.

— Aqui nesta casa espírita?

— Sim!

A revelação da irmã nos deixou muito felizes! À exceção de nossos mentores, seria a primeira vez — ao menos para o nosso grupo — que conversaríamos com algum trabalhador fixo ali da casa. Além disso, aquela irmã representava para nós um contato fraterno com todos os trabalhadores que ali estavam sediados! Víamos o momento como uma espécie de confraternização! Prosseguimos:

— E quais são as atividades da irmã aqui na casa?

— Eu faço parte da equipe de limpeza. Também ajudo na hora da comida, ajudo a distribuir os pratos, organizar a fila...

— Poxa, que bacana! Conte-nos mais, minha irmã... Como funciona a limpeza daqui?

— Ah, basicamente do jeito que vocês estão acostumados no plano físico... Primeiro nós varremos, depois passamos pano, se é preciso lavamos... E cada um de nós tem seu material: eu tenho minha vassoura, meu rodinho, meu paninho... Tudo. Começamos bem cedinho.

— A irmã mora aqui?

— Sim.

— Há muito tempo?

Ela sorriu e respondeu:

— Há muitos e muitos anos! Há muito tempo! Graças a Deus, aqui tenho meu quartinho, minha cama...

— Que bom, minha querida! Vemos que é feliz aqui!

— Muito feliz!... Sabe, esses dias, um dos diretores falou que está chegando o tempo de eu seguir para outro lugar. Disse ele que preciso caminhar, ter novas experiências, preparar-me para novos afazeres... Mas eu não queria ir, não... Falei para ele que sou acostumada com esta casa e não gostaria de deixar este lugar. Ele sorriu e disse que não era para agora, já, mas que eu deveria ir pensando a respeito, acostumando-me com a ideia... Eu sei que uma hora vou ter de deixar este local... Deixar a família que aqui ganhei – pelo menos por um tempo... Deixar meu quartinho, minhas ferramentas de serviço... Sei que preciso me preparar para, no futuro, retornar ao físico! É que, como aqui sou muito feliz, tenho receio de sair! Acho que isso é normal, não é?... Mas vou, sim! Quando chegar a hora, sigo meu caminho, confiante em Deus!

– O receio ainda é comum nas nossas condições atuais, minha irmã. Somos pequenos e muito carecemos de pegar na mão do Irmão Maior para seguirmos. E Ele está sempre pronto para nos conduzir, não é? E, com certeza, você será muito bem conduzida por Ele quando o momento chegar!

– É isso mesmo, meu irmão!

– Mas já que está aqui conosco, permita-nos mais algumas perguntinhas...

– Se tiver condições de responder, estou à disposição.

– Já nos contou da limpeza, agora nos conte um pouco do movimento aqui da casa. É muito diferente do movimento do *lado de cá*?

Mais uma vez, a criatura querida sorriu antes de responder:

– Ah, é muito diferente! Já começa pelo tamanho: *deste lado meu*, o prédio é muito maior! Tem muitos andares e alas! O número de trabalhadores é grande, mas não se compara ao número de irmãos que vêm em busca de assistência! É um mar de gente! Mas tudo vai dando certo... Com calma, orientação... Nada sai do controle, e todos os necessitados vão sendo atendidos! A gente fica tão emocionada de ver! Muitos dos que buscam auxílio aqui na casa, depois de receberem a ajuda necessária, não ficam aqui, voltam para as ruas ou para suas antigas moradias... Nós respeitamos a decisão de cada um. Mas se muitos não ficam, têm os que ficam! Cansados, machucados, doentes, aceitam o convite e passam a morar aqui, onde serão tratados em suas necessidades. Há também os que são trazidos inconscientes – nem se lembram de quem são! Outros nem sabem que *fizeram a passagem* e acham que foram transferidos de hospital. Além dos que são resgatados dos locais sombrios e chegam com a aparência muito triste, deformada... Ah, tudo isso que vocês já sabem.

Então nos recordamos de um trecho do livro *Voltei* (Chico Xavier/Irmão Jacob), no qual o autor espiritual muito se surpreende ao visitar, já desencarnado, as casas espíritas que frequentava quando ainda no corpo de carne. Percebam abaixo a comparação feita por ele entre os planos físico e espiritual:

(...) Quando no corpo, identificava somente reduzida região de trabalho. Acompanhado de amigos que me conduziam solícitos, reparava agora um mundo novo, de aspecto intraduzível.

As casas espiritistas, em função de estudo e socorro, eram verdadeiras colmeias de entidades desencarnadas. Algumas, em serviço de benemerência evangélica; outras, e em número imenso, vinham à cata de alívio e esclarecimento, a lembrar-nos multidões de acidentados às portas dos hospitais de emergência.

O volume das obrigações agigantou-se aos meus olhos.

Compreendi, então, de quanta abnegação temos necessidade, a fim de perseverarmos no bem, até o fim da luta, segundo os ensinamentos de Jesus.

Minha primeira impressão foi negativa. No fundo, cheguei a admitir, por alguns instantes, a incapacidade da colaboração humana, ante a imensidão do serviço; todavia, a palavra de companheiros experientes reergueu-me o bom ânimo. Sementes minúsculas produzem toneladas de grãos que abastecem o mundo; assim também, os germens da boa-vontade improvisam atividades heroicas na edificação humana.

Essa conclusão tranquilizou-me (...).[16]

Seguimos:

— E, conforme nos mostram os livros, os tratamentos para esses casos, sobretudo os iniciais, são muito parecidos com os tratamentos físicos, não é, minha irmã?

— Sim. Faixas, gaze, esparadrapos, comprimidos... Cortes que precisam de pontos para serem fechados, pequenas cirurgias... É assim! Tem que ser assim porque os irmãos doentes e feridos estão ainda muito *materializados* e não conseguiriam receber o tratamento de outra forma. É claro que em todas essas situações existe o componente espiritual, aquilo que os doentes recebem sem se darem conta... Mas eu sei muito pouco sobre isso, não tenho entendimento, perdoem-me!

— Não, minha irmã! Suas informações estão nos ajudando muito! Estão nos dando uma ideia do movimento e dos serviços desta casa! Muito agradecemos! Mas ainda em relação aos doentes, o que ocorre depois de serem tratados?

— Podem escolher entre ficar aqui e ajudar, tornando-se trabalhadores. Ou podem seguir para uma cidade espiritual, onde vão trabalhar, estudar, enfim, preparar-se para novas etapas.

— E imaginamos que o tempo de cada tratamento varia de pessoa para pessoa...

– Cada caso é um caso.

– Poxa vida! Tudo se encaixa!

– É!...

– Sem querer abusar da querida irmã, a última pergunta: e a questão da alimentação, da cozinha, como funciona?

– Ah, muita gente se alimenta aqui! Vocês não fazem ideia!

– E o cardápio?

– Varia conforme o estado de cada um, falando dos que estão aqui internados. Mas no almoço do refeitório, aonde a maioria que vem comer é formada por aqueles que ainda perambulam pelas ruas, Espíritos que nem sequer desconfiam que já estão desencarnados, geralmente é sopa. Uma sopa bem gostosa, quentinha! Macarrão, feijão, legumes, carne...

– Carne?!... – aí nos assustamos!

A irmã riu antes de responder:

– Carne falsa, meu irmão! Não é de verdade! Tem a aparência, o aroma e o gosto, mas não é real! Veja: esses irmãos de quem estou falando nem sabem realmente que já estão *desse lado de cá*, então eles ainda sentem a falta desse alimento. É ainda uma necessidade psíquica – conforme nos informou a chefe da cozinha uma vez. Eles comem satisfeitos, depois voltam para as ruas, onde permanecerão até mostrarem as devidas condições para serem *despertados*.

Nesse momento, nos lembramos de *O Livro dos Médiuns*, em seu capítulo "Laboratório do Mundo Invisível", no qual Kardec, através de respostas obtidas junto ao Espírito São Luís, descobre que os Espíritos podem movimentar elementos do espaço, conforme sua vontade, com o intuito de "formar" qualquer coisa que, por alguma razão, queiram imitar, e que essa imitação será fidelíssima: tamanho, cor, textura, aroma, sabor... Ficando absolutamente igual à que bem conhecemos fisicamente – a diferença estará nos elementos que a formaram.

Observe os trechos do capítulo citado logo acima:

"(...) o Espírito tem, sobre os elementos materiais, disseminados por toda parte no espaço, na vossa atmosfera, um poder que estais longe de supor. Pode, à sua vontade, concentrar esses elementos e dar-lhes a forma aparente própria para os seus projetos."

"(...) os Espíritos fazem a matéria inerte sofrer transformações à sua vontade, (...)."

Mais abaixo, ainda no mesmo capítulo, Kardec pergunta:

"Poderia, então, fazer também uma substância

alimentar; suponhamos que fizesse uma fruta, uma comida qualquer, alguém poderia tê-las comido e ficado saciado?"

"Sim, sim. (...)"[17] – a resposta.

Então, retomamos o diálogo com a trabalhadora da casa:

– E a comida, minha irmã, como é feita? Como vocês fazem essa sopa, sobretudo essa carne falsa?

– Ah, o alimento não é feito aqui. Vem de outro local: um ambiente um pouco distante do plano físico. Mas eu não o conheço. Só sei que já chega tudo pronto, e o nosso trabalho é organizar a cozinha, os talheres, a fila... Depois, é servir os pratos e, no final, fazer a limpeza.

– Poxa, minha irmã! Quanta informação bacana você está nos transmitindo!

– Imagine, meu irmão! Eu não sei nada! Até fiquei admirada quando me falaram: "Olha, agora é você que vai conversar com eles! Você vai contar um pouco do que faz e do funcionamento deste lugar!" – Logo eu?... Não que eu não quisesse! Sempre os vejo por aqui e gosto muito de todos, mas nunca imaginei que um dia poderia falar diretamente com vocês! Estou muito emocionada!

– Pois saiba que para nós foi uma honra conversar com uma trabalhadora de Jesus, sediada nesta casa! Grande satisfação, minha irmã!

– Agora preciso ir. Já me estendi demais.

– E amanhã tem de pular cedo, não é, minha querida?

Ela riu, despedindo-se carinhosamente.

Nós, do grupo mediúnico, estávamos emocionados! Enquanto a irmã se despedia, passamos a nos sentir abraçados por todos os trabalhadores espirituais da casa naquele momento! Parecíamos estar sendo envolvidos em vibração de profunda fraternidade! Só sabíamos agradecer!

Essa fascinante sensação foi rápida, mas a emoção gerada, ainda hoje, quando nos lembramos daquele instante, é bem forte.

11

O ANTIGO COMPARSA E O VELHO AMIGO

— Então é aqui que você se esconde agora? — perguntou, sarcástico.

— É. Agora estamos por aqui. E você, como vai?

— Do mesmo jeito!... Não, pior! O que não parece ser o seu caso, não é? Está aqui, aparentemente bem! Cercado de pessoas que parecem lhe devotar amizade! Você as engana também? Faz como fazíamos antigamente? Hã? Diga-me! – rindo debochadamente.

— Bem, ao que parece, somos antigos conhecidos?

— Conhecidos não, sócios!

— Sócios em quê?

Ele gargalhou.

— Ah, você agora não se recorda, não é?!... Pobrezinho, não se lembra! Não se recorda das nossas negociações, das nossas vendas... Do quanto lucramos vendendo escravos acima do que valiam! — rindo. — Não se recorda, não é? Mas aposto que está fazendo o mesmo aqui, com esses tontos sentados em volta da mesa! Finge trabalhar para Deus, mas o que quer mesmo é dinheiro, não é?

Permanecíamos em silêncio, deixando-o falar. E ele prosseguia:

— Pois eu duvido que esteja mudado! Impossível! Alguém que gostava tanto de poder, que era tão vaidoso, que não via limites para alcançar o que desejava, doesse a quem doesse, vem dizer que agora é santo?!... Ah, se soubesse quanta raiva guardo a seu respeito! Quanta mágoa, quanto desprezo!... Que decepção senti ao ver que você era muito pior que eu!... Tanto que me traiu! Mas também não se lembra disso, não é?... É cômodo! Faz tudo errado conscientemente, prejudica vidas, trai o próprio sócio de maneira vil, e o que acontece?... Resolve trabalhar para Deus como se nada tivesse acontecido! Isso é justo?! É assim que esse Deus age?! Você comete crimes, faz as piores barbaridades, trai, e tudo bem?! Deus o perdoa e você vira santo?!... Aí me perguntam por que tanto ódio?! Onde está a justiça nisso?!...

Mantínhamos o silêncio. Ainda não sentíamos ser a hora de iniciarmos um diálogo. Ele continuou:

– Você não faz ideia do que eu passei depois da sua traição! Eu praticamente virei um mendigo! Perambulava pelas cidades por não ter coragem de voltar para a minha! Vivia pelas estradas, dormindo nos matos, embaixo das árvores... Vivendo humilhantemente da ajuda alheia, das esmolas dadas com desprezo... Chutado de lá para cá como um cão de rua!...

Então, não suportando o ódio nutrido por você, resolvi voltar e matá-lo. Mas não mais o encontrei, você havia ido embora. Foi quando adoeci. Piorei dia a dia, invisível, sem ser notado por ninguém. Até morrer, imundo, à beira da cidade... Sozinho! Mas nem sequer morrer verdadeiramente eu pude, pois adentrei o reino dos mortos sendo atacado por criaturas mais vadias que eu! Fui arrastado por elas por muito tempo! Muito tempo!

Tantas vezes conversáramos com Espíritos revoltados, desejosos por vingança! Nessas situações, depois de ouvirmos suas dores, consolávamos esses irmãos em desequilíbrio, passando, após, a esclarecê--los acerca dos benefícios do perdão. Sempre baseados no Evangelho de Jesus, falávamos a seus corações a respeito do alívio que sentiriam ao vencer um ressentimento profundo, da relativa paz que alcançariam depois de diluído o *veneno* íntimo!...

Mas agora era diferente. Do largo rancor trazido por aquele Espírito, eu era a causa! E isso me entristecia! Quase me envergonhava!

Ele continuou:

– Lá, um dia, consegui fugir dos vagabundos e então passei a procurá-lo. Ao que parece, procurei por muito tempo, pois fui encontrá-lo em outro corpo, em uma outra era... Mas a feição continuava a mesma. A mesma daquele que um dia foi para mim um amigo! – sua voz agora estava embargada. – Um grande amigo!... Caminhávamos no erro, sim, mas isso não me impedia de ser fiel à sua amizade, pois era por mim muito benquisto!

Não conseguíamos dizer nada. E ele percebeu.

– Não vai dizer algo?! Vai preferir a indiferença, traidor?! – agora chorando.

Chegara a nossa hora de falar:

– Não tiro sua razão em desejar vingança. Acredito no que diz e muito me envergonho neste momento! De todo meu coração, peço-lhe desculpas! Compreendendo muito bem se essas desculpas não forem por você aceitas! Talvez, eu também não as aceitasse!...

Ele continuava chorando. Prosseguimos:

– Já há tempos, tendo por base minha infância

e adolescência complicadas, cheguei à conclusão de que muito errei na encarnação anterior. Com certeza, cometi barbaridades sim, lesei pessoas, danifiquei seriamente a própria consciência! Derrotado depois de deixar a carne, vagando pelas sombras da morte em profundo desequilíbrio, fui, a certa altura, resgatado pelo Pai, através de Seus emissários, que me propuseram retornar ao plano físico para reparar os danos passados, para reconstruir caminhos, para pedir perdão àqueles a quem tanto prejudiquei! E aqui estou, meu irmão... Tentando! Tropeçando, chorando, mas prosseguindo... Buscando trocar as lágrimas do arrependimento pelo suor do trabalho... Tendo em Jesus o farol dessa atual caminhada!

Muito emocionado, pedimos perdão mais uma vez... E não pudemos mais prosseguir.

O Espírito, chorando baixinho, dava-nos agora a impressão de estar mais triste do que vingativo. E, em lágrimas quase silenciosas, foi desligando-se do médium, até se afastar totalmente.

Que havíamos prejudicado consideravelmente pessoas em encarnações passadas, não nos era novidade, mas ouvir uma delas *pessoalmente* era algo forte, inesperado, quase assustador! Impossível não ser tomado por uma amargura momentânea, um arrependimento doloroso! "Por que escolhemos tão mal nossas ações, Pai, mesmo recebendo tantas instruções de Sua parte desde sempre?'". Não percebíamos a armadilha que armávamos para nós mesmos através desses pensamentos de desesperança. Descíamos a escadaria vibratória, até sermos sacudidos mais uma vez pela Misericórdia Divina, a qual se fez ouvir em nosso ouvido perispiritual: "Agradeça ao Pai por este momento! Talvez você não possa ver por agora a beleza desse reencontro, mas um dia verá! E, então, dobrará os joelhos em agradecimento à Providência por esta noite!". Como não se refazer? A partir dali, percebemos o ato misericordioso dos Céus para conosco, permitindo-nos ouvir a dor de uma antiga vítima para, depois, pedir-lhe perdão, iniciando, assim, um processo de reajustes, de reparações! Quanto tempo demoraria esse processo? Isso pouco importa! *O amor é paciente, o amor é bondoso.**

Semanas depois, em mais um trabalho, fomos informados por um dos médiuns:

– Tem outro Espírito conhecido seu aqui. Ele vai falar com você. Mas esse não vem cobrar nada, parece que só quer lhe cumprimentar – disse, rindo.

Também rimos. E, dali a instantes, passamos a ouvir o Espírito:

---

*1 Coríntios 13:4
"*O amor é sofredor, é benigno; o amor não é invejoso; o amor não trata com leviandade, não se ensoberbece.*"

— Como vai, grande amigo?

— Melhor agora! Feliz ao ouvir um amigo de outras passagens!

— Pois é! Hoje, queridos benfeitores me permitiram passar por aqui e deixar um abraço a todos do grupo, além de trocar algumas palavras contigo, meu amigo-irmão.

— Que alegria, meu caro! Pois então, diga-nos: como vai?

— Muito bem! Trabalhando, estudando...

— Certo!... Então, somos antigos conhecidos?

— Com certeza! Amigos de outras vidas! Companheiros que acertaram juntos, erraram juntos... Irmãos espirituais!

— Ah, nem me fale em erros! De minha parte, sei que errei demais! Não sei nem como pode ter amizade por mim, meu caro!

O Espírito riu e respondeu:

— Quem aqui poderia bater no peito e dizer que não errou? Todos erramos! E muito! Mas *o amor cobre a multidão dos pecados*.* E ninguém é tão mau a ponto de não ter nada de bom!

---

*1 Pedro 4:8

"Mas, sobretudo, tende ardente amor uns para com os outros; porque o amor cobrirá a multidão de pecados."

— Verdade, meu amigo! E estivemos juntos na minha encarnação anterior?

— Certamente!

— Vivemos onde?

— Meu amigo, isso não vem ao caso. Nem tenho a permissão de detalhar situações. Só passei mesmo para lembrar a você e aos demais irmãos encarnados que, quando reencarnamos, muitos amigos e antigos familiares permanecem na Espiritualidade. Permanecem trabalhando, sem se esquecerem daqueles que voltaram ao corpo físico, mantendo por eles o mesmo amor, o mesmo sentimento.

— A literatura espírita já nos falara a esse respeito, desde Kardec temos essa informação acerca dos que ficam na Espiritualidade enquanto encarnamos, mas ouvir isso pessoalmente de um antigo amigo que permaneceu por lá é muito emocionante!

O amigo invisível concordou e continuamos:

— Isso nos conforta, meu caro! Isso renova nosso ânimo! Saber que tem gente que prossegue torcendo e agindo — quando possível — a nosso favor é um consolo! Amigos amados que estarão a nos acolher — se tivermos tal merecimento, é claro! — quando retornarmos à Espiritualidade! Bom demais!

— Esse é o nosso desejo! Que tenham todos muito proveito nesta atual encarnação para assim podermos estar juntos quando retornarem ao antigo lar!

– O amor de Deus por todos nós, Sua misericórdia por Seus filhos, não tem tamanho, não é?! Ele não só nos permite desfrutar da companhia de antigos conhecidos, antigos familiares, que reencarnam conosco e estão presentes na nossa jornada física, dando-nos ânimo, como também nos permite receber o amor que nos é enviado por aqueles que *ficaram*! Como agora! Que alegria você nos proporciona, meu amigo!

– Saiba que também estou muito emocionado! Já nos falamos outras vezes, durante seu sono físico, mas é claro que você não se recordaria disso ao acordar. Isso faz parte do pacote reencarnatório! – sorriu.
– Aqui é diferente! Sei que você se lembrará disso amanhã!

– Não só me lembrarei disso amanhã, como nunca mais me esquecerei desta noite!

– Também estive visitando-o quando você ainda era criança! Vindo ao plano físico para algum serviço, os bons amigos me permitiam passar para vê-lo!

– Que bom, meu caro! Com certeza, mesmo estando encarnado e sendo criança, captava suas vibrações fraternas e elas me faziam muito bem! Muito obrigado!... Bem, então posso crer realmente que todos os homens, ao reencarnarem, deixam no Invisível alguns amigos de outrora?

– Ah, sem dúvida! Imagine quantas reencarnações já tivemos até hoje? Em quantos locais diferentes vivemos no correr dos séculos e milênios? Agora imagine o número de pessoas que conhecemos e que fizeram parte de nossas jornadas reencarnatórias de alguma forma? É muita gente! Tanto que seria impossível reuni-las todas em uma só vida física! Mas formamos todos uma grande família! A família espiritual – que só aumenta com o passar do tempo!

– Maravilhoso! Sendo assim, podemos deduzir que amamos muito mais pessoas do que imaginamos?

– Exatamente! Muito mais!

– Certo. Então, tire-nos mais uma dúvida: quando nos encontramos, durante o sono, com Espíritos amigos que permaneceram na Espiritualidade, reconhecemo-los facilmente ou não?

– Nem sempre esses amigos são reconhecidos facilmente. Primeiro, porque a encarnação exerce uma força vigorosa junto ao Espírito encarnado, restringindo-lhe lembranças de outras vidas, ou mesmo de seu último estágio na erraticidade. Segundo, o apego excessivo à matéria por parte do encarnado, sua concentração voltada exclusivamente às coisas de agora, acabam por dificultar ainda mais o reconhecimento de amigos de vidas passadas.

– Sim. Faz sentido.

– Mas é claro que, havendo real necessidade nesse reconhecimento, havendo um motivo sério e justo, todas essas dificuldades podem ser vencidas pelos trabalhadores espirituais, que aplicarão as devidas técnicas junto aos centros de memória do encarnado, facilitando, assim, as recordações necessárias.

– Maravilha!

– Se for para um bem real, havendo o merecimento das partes, *para Deus tudo é possível.**

– Impressionante! Quanta lógica nisso tudo!

– E não devemos nos esquecer de que quanto mais evoluído o Espírito, maior sua facilidade de se recordar dos antigos amigos que vêm visitá-lo durante o sono físico.

– Sim, pois se a matéria não o prende, sua condição espiritual permite-lhe acessar com facilidade essas lembranças, não é?

– É isso!

– Como tudo se encaixa!

---

*Mateus 19:26

"E Jesus, olhando para eles, disse-lhes: Aos homens é isso impossível, mas a Deus tudo é possível."

– Sim!... Mas agora eu preciso ir.

Despedimo-nos trocando mensagens de afeto, emocionados. Enquanto partia o amigo, lembramo-nos de um trecho de *O Evangelho Segundo o Espiritismo*, lá do capítulo "Honrai a vosso pai e vossa mãe", na lição "A parentela corporal e a parentela espiritual":

(...) Os verdadeiros laços de família não são, pois, os da consanguinidade, mas os da simpatia e da comunhão de pensamentos que unem os Espíritos *antes, durante e após* a sua encarnação. (...)

Há, pois, duas espécies de famílias: as famílias pelos laços espirituais, e as famílias pelos laços corporais; *as primeiras, duráveis, fortalecem-se pela depuração, e se perpetuam no mundo dos Espíritos, através de diversas migrações da alma;* (...) [18].

Quanto consolo nisso, não?

12

Os acompanhantes

A LITERATURA ESPÍRITA, NO CAPÍTULO DAS INFLUÊNcias espirituais negativas, das obsessões, esclarece-nos que algumas têm seu início em encarnação anterior, ou seja, o agora encarnado é encontrado por antiga vítima, a qual exige, da invisibilidade onde habita, um acerto de contas, passando a pressionar de todas as formas que lhe são possíveis o *inimigo* de carne e osso. Já outras têm seu início na jornada física atual: o encarnado, insensato, gerando danos ao seu semelhante, passa a ser perseguido por um ou mais Espíritos que buscam vingança em nome daquele que foi ou está sendo lesado. Pode ocorrer também de o próprio perseguido, ao desencarnar, passar a cercar o criminoso que ficou, em busca de vingança. Mas não fica por aí. Há também aquelas influências negativas nas quais não se encontra um dano causado ao Espírito por parte do encarnado, não havendo nenhuma ligação anterior entre ambos, havendo, sim, simplesmente, uma sintonia momentânea, atual, que pode vir a se fortalecer com o tempo, a ponto de se tornar grave. Vejamos o que nos diz a esse respeito *O Livro dos Espíritos*, questão 530:

> – *Os Espíritos que suscitam aborrecimentos agem em consequência de uma animosidade pessoal ou atacam o primeiro que chega, sem motivo determinado, unicamente por malícia?*
>
> – *Por um e outro motivo. Algumas vezes são inimigos que se fez durante esta vida, ou em outra, e que vos perseguem. De outras vezes,* **não há motivos** [grifos nossos].[19]

Há também *O Livro dos Médiuns*, "cap. XXIII":

> *Os motivos da obsessão variam segundo o caráter dos Espíritos: algumas vezes, é uma vingança que exerce sobre um indivíduo do qual tem algo a queixar-se durante esta vida ou em uma outra existência; frequentemente também não há outra razão do que o desejo de fazer o mal; como sofre, quer fazer sofrer aos outros; encontra uma espécie de gozo em atormentá-los, em vexá-los (...).*[20]

E é aí que começamos o nosso caso.

— Alguma influência, minha amiga? — perguntamos à médium.

— Sim... Sinto... Mas primeiramente preciso contar o que aconteceu antes de eu chegar aqui ao Centro.

— Pois não.

— Eu passei na casa da minha avó antes de vir para cá. Cheguei lá um pouco antes das sete horas da noite e fiquei até vir para o trabalho mediúnico. Meus primos tinham alugado um filme e o estavam assistindo na sala, menos minha avó... O filme era esse de terror, lançamento, que está sendo muito comentado (disse o nome do filme).

— Sim, tem-se falado muito dele.

— Então. Eu não gosto desse tipo de filme, mas sentei no sofá para dar uma espiada e comecei a me sentir mal. Foi dando-me uma angústia, fui me sentindo sufocada, o coração disparou... Então, fui tomada por um pânico que me fez levantar e ir correndo para a cozinha! Ninguém percebeu que eu não estava bem, pois disse apenas que ia tomar água. E, na cozinha, percebi que havia dois Espíritos que tinham vindo da sala comigo. Então, fui tomando água, orando, pedindo ajuda a Jesus... E as sensações atormentadas foram diminuindo aos poucos. Fiquei ali por um tempinho ainda e resolvi vir para o Centro, chegando aqui antes da hora que chego normalmente. Aqui continuei orando, percebendo que os dois Espíritos estavam ainda comigo... E é isso, eles estão aqui.

Segundos após, passamos a ouvir um desses desencarnados em questão, o qual estava enfurecido:

— Intrusa! Metida! Ah, você não imagina o tamanho do nosso ódio neste momento! Que direito você tinha, sua... sua... Por que é que não me deixa falar tudo o que desejo?! Até isso? Ódio!

Aguardamos que o Espírito esbravejasse por um pouco antes de buscarmos uma conversação. Então, em dado momento, percebemos possível a nossa fala:

— Mas o que aconteceu? Por que tanta revolta?

— Você quer saber o porquê? Quer saber mesmo? Então, responda-me: você gostaria de ser interrompido em seu trabalho, um trabalho muito sério, dado a você diretamente por seu chefe, que contava com sua eficiência nesse serviço? Gostaria? – questionava, ainda revoltado.

— Quer dizer que você foi interrompido em seu serviço?

— Claro! Não percebeu?

— Quem o interrompeu?

– Esta louca que está aqui agora! Tudo estava caminhando bem até ela aparecer! Ela chegou, sentou-se no sofá e, utilizando-se de algum feitiço, ou mágica, ou alguma arma, não sei ao certo, fez com que nos grudássemos nela, arrastando-nos para fora da sala e trazendo-nos até este lugar! Lugar esse que não sei o que é ao certo, mas posso imaginar! Vocês são inimigos do nosso chefe e este é o reduto de vocês, não é? Já havíamos sido alertados a esse respeito! Mas nunca imaginei que seríamos pegos como fomos! Pois vou alertá-los, ouçam-me bem: agora, vocês foram longe demais! Atrapalharam um serviço que está sendo executado em todos os lugares neste momento! Um serviço dos grandes! Que foi passado ao nosso chefe pelo chefe dele! Coisa grande! E vocês interferiram! Preparem-se para sofrer!

– Mas que serviço é esse tão grande?

O Espírito fez um ar de superioridade, sorriu maliciosamente e respondeu:

– Ah, se vocês soubessem, *vivos*! Se vocês soubessem!...

– Pois nos conte!

– Será que vocês acreditariam? Será que vocês suportariam? Apegados às suas vidinhas medíocres, pequenas, será que teriam condições de receber minhas informações? – perguntava-nos, cheio de vaidade.

— Pois tente! Estamos aqui para ouvi-lo!

— Pois bem, preparem-se!...

Não é incomum que esses Espíritos revelem suas formas de trabalho, pois, através dessas revelações, eles julgam nos intimidar, amedrontar. Ostentadores, adoram mostrar seu *poder de fogo*. Chegam a fazer isso com muito gosto – e foi exatamente o que sentimos quando o desencarnado começou a contar:

— Sabem o filme o qual essa metida se referiu agora há pouco? Então... fomos mandados até a locadora para acompanhar aqueles que pegassem o filme para assistir em suas casas.

— O quê?

Ele riu, todo orgulhoso.

— Falei que ficariam surpresos! É isso que você entendeu, meu rapaz! Vamos até a loja de filmes, ficamos lá aguardando até alguém pegar esse filme e, então, vamos juntos com esse *vivo* até sua casa. Lá assistimos ao filme com ele, ou com eles! Seremos seus hóspedes! – disse, rindo sombriamente.

Sim, estávamos surpresos. E continuamos:

— Vão para a casa da pessoa com que objetivo?

— já imaginávamos o objetivo, mas queríamos ouvi-lo do próprio.

— Atormentá-la! Ou melhor, atormentá-las, já que normalmente há mais de uma pessoa na casa.

— Atormentá-la de que modo?

— Passando terror.

— Já durante o filme?

— Sim. Mas, sobretudo, quando vão se deitar. Aí nossos serviços são mais profundos, pois podemos interferir no sono, nos sonhos, transformando-os em pesadelos diversos... Podemos aterrorizar de uma forma mais profunda. Acabamos com a noite dos *vivos*! Já imaginou como será o dia seguinte desses *vivos*?

— É esse o objetivo? Perturbar a noite das pessoas?

— Esse é o ponto de partida.

— Quais os demais pontos?

— Bem... Cada caso é um caso, cada pessoa é uma pessoa, cada família é uma família. As situações variam. Avaliamos o tamanho do sofrimento que conseguimos impor a uma pessoa, o tanto que conseguimos perturbá-la... Se percebermos que valeu a pena, que ela se desajustou até com certa facilidade, se foi presa fácil, nós continuamos a investida, permanecendo ao seu lado, com o intuito de desequilibrá-la cada vez mais até dominá-la para que, então, obedeça totalmente às nossas ordens. Ou até enlouquecê-la!

— Mas nem sempre isso é possível, não é?

— Como já disse, varia. Varia muito. Há casas que perturbamos durante a noite, mas nossa influência diminui muito durante o dia... Então, percebemos que ali não é mais interessante... Aí voltamos para a loja de filmes para esperar outra família. Mas, mesmo assim, não saímos descontentes, pois perturbamos a noite de alguns *vivos*! Impusemos o terror, o pânico, mostramos um pouquinho de nossa força!

— Vocês já conseguiram enlouquecer alguém?

O Espírito se mostrou um pouco desconfortável com a pergunta.

— Bem... Veja... Eu e meu companheiro, não. Mas já criamos muito embaraço, acabamos com a noite de muita gente, perturbamos a semana de muitos... Teve gente que até foi em psicólogo! – afirmou, rindo. – Outros correram para a igreja! Uns ficaram de cama por uns dias! Teve caso da pessoa começar a rezar em voz alta, a gente atacar ainda mais, ela não conseguir terminar a reza e ainda levantar, ir para a sala, chorando de medo, abrir a porta e ir berrar no quintal, assustando os vizinhos com a gritaria! – disse, rindo de novo.

— Entendemos. Mas você disse que esse é um trabalho bem grande...

— Sim! Em toda parte está ocorrendo!

— Além de seu grupo, outros também agem dessa maneira?

— Aí já não sei... Não fui informado nesse sentido.

— Mas são muitos os do seu grupo?

— Ah, somos centenas! Espalhados pelas cidades aqui por volta!

— Sempre em duplas?

Mais uma vez, o desencarnado se mostrou um pouco desconfortável com a pergunta, porém respondeu:

— Não... Não... Os mais experientes vão sozinhos... Em dupla vão os mais novos... Mas isso não quer dizer que não saibamos aplicar adequadamente as técnicas que nos foram passadas! Eu mesmo já poderia muito bem trabalhar sozinho! Posso lhe garantir!

— Sim, podemos imaginar. Mas nos diga uma coisa: por que precisam do filme? Não poderiam assustar as pessoas sem ele?

— Você quer saber da nossa técnica, não é?! Poderia ter ido direto ao assunto!

Saber da tal técnica não tinha sido nossa intenção naquele momento. Mas não falamos nada ao interlocutor desencarnado, deixando-o prosseguir. E ele continuou:

— Nosso chefe nos preparou bem! Aprendemos com ele que uma música, um quadro ou um filme podem remexer com nossas lembranças profundas, lembranças que estariam arquivadas no inconsciente. Que para cada tipo de som ou de imagem, pode haver uma lembrança compatível. Bem, se desejamos, conforme disse nosso chefe, perturbar o psiquismo da pessoa, devemos acionar as lembranças de desespero, medo, terror... Afinal, todos nós já vivemos esses quadros sombrios na nossa trajetória, em outras vidas, por mais longínquas que estejam. Já sofremos o terror, já vagamos assustados pela noite, presenciamos cenas terríveis... E, de alguma forma, essas cenas ainda estão em nós... Só precisam ser acionadas. E aí entra o filme de terror! Se a pessoa estiver concentrada nele, aos poucos ela se vê dentro do filme, abrindo as portas para essas lembranças inconscientes serem reviradas mais facilmente! Por estarem no corpo, saberem só dessa vida, não percebem de imediato a situação delicada em que vão se metendo. Então, ao dormir, passam a sentir a angústia, fruto das velhas lembranças de dor, as quais não acionam conscientemente, pois não ocorreram nesta vida, mas passam a sentir suas sensações. Nosso trabalho é reforçar exteriormente essas sensações atormentadas. Ficamos ao lado da pessoa, revendo mentalmente as cenas do filme e retransmitindo a ela... Também falamos ao seu ouvido sobre morte, terror, demônio, inferno, sangue... Enfim, vamos envolvendo-a de todas as formas! Algumas se deixam envolver de tal maneira que chegam a nos ver! Quase morrem nesse momento!

Ficamos todos em silêncio por alguns instantes – esse era o objetivo. A certa altura, o Espírito voltou a falar:

— Então, não vai dizer nada?... Ficou quieto por quê?... Algum problema?...

— Estamos pensando no sofrimento dessas pessoas... Nos momentos difíceis que elas devem ter passado... Nas complicações que tiveram de enfrentar...

— Quem mandou alugar o filme?

— Você gostaria de passar pelo que elas passaram?

— Eu já passei pelo que elas passaram! E estou aqui!

— Mas não nos respondeu: gostaria de passar pelo que elas passaram?

— Quem manda serem bestas!

— Gostaria de passar pelo que elas passaram?

Novo silêncio, quebrado depois de alguns segundos:

— A questão não é gostar ou não! Isso é o que temos que fazer e pronto! Fomos mandados!

147

— É uma pergunta tão simples e você insiste em não respondê-la!

— Está bem! Chega! Respondo! É claro que não gostaria! Quem gostaria?... Pronto! Respondido?

Então, passamos a lhe falar de Jesus Cristo: Aquele que nunca fez a Seu semelhante o que não gostaria que Lhe fosse feito. De nós nada temos, mas, inspirados pela forte imagem do Irmão Maior em nossa mente, fortalecida sobremaneira pelo ambiente saudável em que nos encontrávamos, passamos a narrar Sua vida aos Espíritos em questão. Do nascimento à crucificação, de Seu reaparecimento às mulheres e aos apóstolos até o atual momento, em que prossegue firme como governante do nosso planeta, responsável, perante o Pai, por nos conduzir até Ele: *"Eu sou o caminho, a verdade e a vida; e ninguém vai ao Pai, senão por mim."**

Ah, como é bom falarmos de Jesus Cristo!

Ao final, novo silêncio... Quebrado novamente pelo Espírito que chegara ali contrariado. Em baixo volume e em nítido desânimo, ele falou:

— Bem... Agora precisamos ir embora, eu e meu companheiro. Nosso chefe nos aguarda. Precisamos voltar.

---

*João, 14:6

Disse-lhe Jesus: *Eu sou o caminho, e a verdade e a vida; ninguém vem ao Pai, senão por mim.*

— Meus amigos, vocês estão cansados! Há quanto tempo, já devem estar sem dormir...? Provavelmente, também estejam famintos... Aqui temos o alimento, temos a cama tranquila para descansarem... Descansem por hoje!

— Não podemos. Nosso chefe nos puniria.

— Viver com medo, temendo punição... Será, meu irmão, que isso é vida?

— Irmão?

— Sim! Como podem se tratar os filhos de um mesmo pai senão por irmãos?... Somos irmãos, sim! O que muito nos alegra! E vocês são muito bem-vindos a esta casa! Ela também é de vocês!

Ele suspirou levemente antes de nos responder:

— Acho que vamos ficar, sim... Precisamos descansar um pouco...

— Que bom! Descansem, sim! Esta casa também é de vocês!

Afastaram-se, silenciosos.

Encerrado o trabalho, enquanto descíamos a escadaria que nos leva à calçada, um dos companheiros do grupo comentou:

— Como pode, não? Através de um filme vem o perigo!

E outro companheiro respondeu:

— O problema não é o filme, mas a terrível mania de buscarmos na vida coisas que não nos trazem benefício algum! Pode ver: mesmo quando estamos bem, é comum sairmos procurando chifre em cabeça de cavalo!

Pensando no comentário do amigo, recordamos, em silêncio, uma orientação de Paulo: "*Aquele, pois, que está em pé, olhe que* não caia."*

---

*I Coríntios 10:12
"*Aquele, pois, que cuida estar em pé, olhe não caia.*"

13

A FEITICEIRA

UM DOS COMPANHEIROS DE NOSSO GRUPO MEDIÚnico se encontrava muito feliz naqueles dias, pois conseguira, junto com a esposa, comprar a tão desejada casa própria, para a qual se mudariam em pouco. E, é claro, sua alegria também era a nossa alegria, afinal, é tão bom vermos um amigo querido alcançar esse que é um dos maiores sonhos – se não o maior! – do homem comum...

E assim se deu, alguns dias e já estavam instalados no novo e definitivo lar.

Semanas correram até que, certa noite, esse amigo nos procurou. Contou-nos, um pouco assustado, de um *sonho* da esposa, na última madrugada, no qual ela caminhava pelo interior da casa recém-adquirida, porém a casa era diferente. Os cômodos eram menores, as paredes estavam trincadas e sujas, o chão era grosseiro, não havia forro – enxergava-se diretamente o madeiramento e as telhas. O ambiente era pesado, sufocante. Além disso, a mulher ainda percebia uma movimentação de pessoas no fundo do quintal, onde agora é uma edícula, e essa movimentação era estranha, não era nítida, mas lhe causava arrepios.

– O que você acha que é? – perguntou-nos o companheiro.

– Ah, não dá para saber ao certo. Pode ser tanta coisa... Como pode não ser nada. Mas façamos o seguinte: vamos trabalhando, confiantes... Tudo se resolverá!

E prosseguimos nossa rotina de trabalho semanas afora.

Lá uma noite, o amigo novamente:

– Agora é meu filho (de oito anos): ele está dando de ver uma mulher de cabelo grisalho, todo desgrenhado, no nosso quintal, lá na edícula! E ela faz caretas para ele! Ele chora desesperado!

– Mas de onde ele a vê?

– Ele já viu do portão de entrada da casa e também já viu de dentro da casa, da sala. Esses dias, ele falou que ela estava na janela da cozinha, do lado de fora. Essa noite mesmo ele foi dormir na nossa cama. E se bateu a noite toda, ninguém dormiu.

– Bem, certamente nossos mentores já sabem o que está se passando. E, talvez, até já estejam agindo a respeito. Mas, como Jesus nos ensinou o *pedis e obtereis**, peçamos! Embora saibamos que um trabalho como o nosso não se destina a resolver nossos casos particulares, e sim aqueles que nos são trazidos pelos benfeitores espirituais, nada impede, quando a situação exige, que oremos e peçamos uns pelos outros aqui do grupo... Somos uma família espiritual, e a esse respeito Paulo de Tarso nos fala: *"Mas se alguém não tem cuidado dos seus e, principalmente, dos da sua família negou a fé."** Entendemos que sua situação é digna de um pedido, durante nossos trabalhos, por conta do desconforto que vem causando a você, à sua esposa – que também labuta nessa casa – e, sobretudo, ao seu menino. Vamos pedir! Certos, é claro, de que serão sempre feitas as vontades do Pai, não as nossas!

– Sim, sim!

---

*Marcos 11:24

"Por isso vos digo que todas as coisas que pedirdes, orando, crede receber, e tê-las-eis."

*I Timóteo 5:8

"Mas, se alguém não tem cuidado dos seus, e principalmente dos da sua família, negou a fé, e é pior do que o infiel."

Os trabalhos da noite foram transcorrendo. Mais uma vez, o Médico dos Médicos recolhia com amor os sofredores perdidos, esclarecia os desesperados, *medicava* os doentes! E o tempo voou... Mas antes de encerrarmos a jornada, um dos benfeitores da casa veio à comunicação. Dentre algumas orientações, como sempre pautadas no Evangelho, esclareceu-nos acerca do caso do nosso companheiro, revelando-nos que havia, sim, uma antiga moradora daquele local que ainda não tinha se resolvido a deixá-lo, mas que nosso amigo não se perturbasse e continuasse trabalhando, confiante no Pai. Estavam fazendo todo o possível em relação ao caso.

Mais alguns dias, e recebemos uma ligação do companheiro de jornada mediúnica:

— Rapaz, preciso contar-lhe o que descobri!

— Diga lá!

— Minha casa foi construída há cinco anos, não sei se já tinha lhe contado isso...

— Não, não...

— Pois é... conversei com alguns vizinhos ontem, depois que cheguei do serviço. Queria saber um pouco da história da minha casa, daquele terreno... enfim...

— E daí? Descobriu alguma coisa que ajude no caso?

— A casa estava fechada havia praticamente um ano, antes de eu comprá-la. Os últimos moradores foram um casal com três filhos pequenos. Eles construíram a casa e moraram nela por uns quatro anos, então se separaram e cada um foi para um lado. E a casa ficou fechada.

— Hummm...

— Até aí nada de mais... Mas voltando mais no tempo, antes de o casal comprar o terreno, a situação era outra: onde hoje é minha casa, havia uma casinha bem menor, mista, madeira com tijolo, bem simples. Nessa casinha, morava uma senhora que fazia trabalhos espirituais. Ela atendia pessoas e recebia encomendas para esses trabalhos. E essas pessoas eram atendidas em um quartinho de madeira, também pequenininho, construído no fundo do quintal, onde hoje é a edícula!

— Nossa! Agora as coisas começam a se encaixar!

— Pois é! Aí quando perguntei para os vizinhos para onde foi essa senhora, eles não souberam responder, pois não são tão velhos ali nem tinham contato estreito com ela. Contaram que, um dia, chegou um caminhão pequeno em frente a casa, subiu alguma mudança, e ela foi embora. Depois de alguns dias, já começaram a derrubar a casa e, em seguida, construíram essa de hoje.

— Rapaz! Será que esse Espírito feminino que vocês têm visto acompanhava essa senhora encarnada?

— Sei lá! Será que pode ser? Acho que pode, né?

— Até pode... Mas acho pouco provável, pois se esse Espírito fosse a guia da encarnada, partiria com ela! Não ficaria sozinha!

— Verdade. Talvez não seja, então...

— Bem... Aguardemos.

※※※

— Que é que vocês querem agora? Acham que não tenho mais o que fazer? – questionava-nos o Espírito, a certa altura do trabalho mediúnico.

— Queremos conversar um pouco. Como tem passado?

— Agora sem paz nenhuma! – respondeu, cheio de azedume.

— Mas o que aconteceu?

— O que aconteceu?! Até você já esteve lá uma madrugada dessas e vem me perguntar o que é que aconteceu?! Você sabe!

— Ajude-me a lembrar! É a idade, minha criatura!

— A coisa seguia bem, como sempre! Mas foi só

chegar lá esse enxerido aí do seu lado e as coisas foram ficando ruins!

— Só, então, percebemos com quem dialogávamos — com a *inquilina espiritual* do nosso amigo.

— Pois é, minha senhora! Temos de conversar, não?

— Não! Não tem conversa! Trouxeram-me aqui sem minha vontade e eu só tenho uma coisa a dizer: fale para o seu camarada sumir de lá com a familiazinha dele, senão ele vai saber de verdade o que é tormento!

— Mas, minha senhora, lá agora é o lar do nosso amigo e de sua família!

— Ele que vá para outro lugar!

— Veja bem, a senhora não pode viver expulsando aqueles que lá vão morar! Olhe só... — fomos interrompidos.

— Epa! Eu não expulsei ninguém daquele lugar! Se você está falando dos que moravam lá antes desse aí, eles não foram expulsos, saíram porque quiseram! Eles não me atrapalhavam! Ao contrário, teve tempos que até me ajudaram um pouco!

— Ajudaram de que forma?

Esperávamos que, através da resposta dada, nos localizássemos melhor em relação aos afazeres desse

Espírito, já que ainda não tínhamos certeza quanto a isso. Também não queríamos mostrar que não sabíamos praticamente nada a seu respeito. Deu certo.

— Eu tirava energia deles uma vez ou outra para alguma encomenda.

Pronto, estávamos situados agora. Seguimos:

— E tinha muita encomenda?

— Tinha! Ainda tem... Às vezes, diminui um pouco, mas sempre tem...

— E a senhora mora lá?

— Ué?! Vou morar onde?!

— É que como sua antiga médium foi embora de lá há anos, eu pensei que a senhora ainda estivesse com ela, indo até o terreno do meu amigo só para fazer seus serviços de vez em quando.

— Vai um *cavalo*, vem outro! Já arrumei outro há tempos! E ela mora ali na vila mesmo!

— Entendemos. Perdoe-nos a curiosidade, minha senhora, mas pensávamos que o Espírito ficasse no mesmo ambiente – nesse caso, na mesma casa – daquele que lhe serve de médium? Não é assim? A senhora não precisaria ficar lá na casa do seu *cavalo*?

— Poderia ficar, mas aí eu teria de desmanchar tudo o que já está *construído* no meu terreno! Aí não!

Não há necessidade! O *cavalo* é usado lá, de onde ele está mesmo. E eu sou muito conhecida, uma feiticeira muito procurada por outros Espíritos que vão até lá onde moro. Mudar daria confusão.

Mais tarde, ao chegarmos em casa, fomos consultar, como fazemos com regularidade, *O Livro dos Médiuns*, a fim de buscarmos – e aprofundarmos – a informação nos dada pela desencarnada em questão sobre não ser necessária a presença de sua médium – a qual ela chamava de *cavalo* – ao seu lado. Havíamos acreditado em sua informação, pois nos recordamos de já haver lido a respeito, no próprio livro acima citado, mas sentíamos a necessidade de rever e fortalecer o assunto. Encontramos o trecho no capítulo V:

4. A presença dessa pessoa [médium] *no lugar é indispensável?*

– É o mais comum (...). Mas não quis generalizar. Há casos em que a presença no local não é necessária."[21]

Voltemos ao diálogo:

– Entendo, minha senhora. Mas disse que nosso amigo e sua família a estão atrapalhando... Como fazem isso, se a antiga família não a atrapalhava?

– É que esse aí é cheio de amiguinhos, e eles sempre estão por lá! São esses que me trouxeram aqui e mais alguns! Foram mudando até o *ar* daquele pedaço, e agora as coisas estão emperradas! Tenho percebido que até minhas visitas diminuíram! Pouca gente (ela se refere a Espíritos) tem-me procurado! Isso já deve ser resultado da presença desses intrusos! Então, eu exijo que saiam, ou vão ver o que acontece!

– Minha senhora, seria justo afastar uma família de seu lar, adquirido recentemente depois de tanta luta, com todo o sacrifício, de forma digna e honesta?... Um lar tão sonhado que agora se torna realidade, renovando os ânimos, a esperança de um jovem casal, o qual trabalha muito duro, tanto no lado espiritual da vida quanto no lado físico?... Seria justo espantar de lá uma família que se vai fortalecendo cada vez mais no amor, buscando viver diariamente os ensinamentos de Jesus, buscando nunca fazer ao próximo o que não gostaria que lhe fosse feito?... Seria justo desabrigar uma criança que encontrou seu recanto abençoado, onde poderá crescer, aprender, preparar-se para a vida, a fim de ser um jovem amoroso e responsável, para, mais tarde, tornar-se um adulto correto, um cidadão de bem?... Seria justo?

Pareceu-nos que o Espírito se perturbou um pouco, demonstrando algum constrangimento. Depois de alguns segundos pensando, buscou uma negociação:

– Não sei como podemos fazer, então. Eu não

posso arredar o pé de lá!... O que posso fazer é o seguinte: tentar não atrapalhar a vida deles. Não me mostro mais para o menino, sigo nos meus afazeres lá no fundo, sem nem olhar para o lado deles, nem me lembrando de que eles existem. Mas eles também não atrapalham a minha vida! Não quero saber desses que me trouxeram aqui andando lá pelo quintal! Um não interfere no terreno do outro! A casa é deles, e o quintal é meu! Esse é o acordo! Se quiserem, é assim! Aceitam?

— Não podemos fazer acordo nenhum, minha cara. Sobretudo quando os nossos benfeitores estão arrolados na negociação. Não podemos pedir para que não entrem na casa.

— Aí então está difícil! — silêncio. — Mas de minha parte, posso dizer que não assustarei mais o menino.

— Muito agradecemos, minha senhora! Mas, agora, pense conosco uma coisa...

— Não, não temos mais nada a falar! Vou embora.

— Um instante, minha cara. Temos ainda que...

— Não estou passando bem!... O que vocês fizeram?... Por que estou com essa moleza, com esse mal-estar?... O que... é... isso?...

Foi afastada.

Quando estávamos prestes a encerrar a noite,

um dos mentores do trabalho veio à comunicação. Após os cumprimentos fraternos, passou a alguns esclarecimentos:

— Essa irmã ficará aqui esta noite. Amanhã, conversaremos um pouco mais com ela, esclarecendo-a a respeito dos novos tempos e convidando-a a conhecer novas formas de trabalho. Contudo, caso ela persista na rotina que vem levando há tantas décadas, optando por deixar esta casa e voltando ao território que julga lhe pertencer, teremos que informá-la sobre o prazo que, por nossos Superiores, já está determinado, para que deixe aquele lugar definitivamente, já que lá não poderá mais ficar. Saberá também, nossa irmã, que esta casa bendita que nos acolhe estará à disposição para recebê-la, bem como todos nós estaremos aqui para auxiliá-la na nova etapa de sua vida imortal. A decisão caberá a ela, porém, a construção espiritual por ela sustentada no quintal daquela casa já estará condenada irrevogavelmente. Confiemos em Jesus Cristo! E que Deus-Pai prossiga abençoando-nos!

※※※

— Vocês não tinham esse direito! Arrancar-me da minha propriedade! – protestava o Espírito entre muitas lágrimas.

Como não sabíamos com quem tratávamos, buscamos investigar:

— Saiba que há uma explicação justa para o que lhe aconteceu, afinal, o Pai nunca interfere negativamente na vida de Seus filhos! Vindo Dele, em tudo há uma finalidade nobre, tenha certeza!

— O que é que vou fazer agora?! – disse, ainda chorando muito. – Eu não sei fazer outra coisa! Injustiça, sim!

— Sempre podemos aprender a fazer coisas novas! O Espírito é incrível, dotado de maravilhosas capacidades das quais não conhecemos senão uma parcela muito pequena! *Sois deuses!**

— Como não estar revoltada?! Foram invadindo meu espaço e retirando tudo o que estava lá! Todas as imagens, as velas, as ervas... Foram tirando os quadros da parede, os instrumentos, tudo... Você não imagina o tamanho da minha raiva! Eu nem estava mexendo mais com a família do rapaz aí!

Era a confirmação. Muitas semanas depois de conversarmos pela última vez, a *inquilina espiritual* era novamente trazida ao trabalho mediúnico – o tempo que lhe fora dado se esgotara. Como não resolvera sair por vontade própria, saía agora por um mandado Superior, conforme nos avisara anteriormente o benfeitor. Retomamos a conversa:

---

*João 10:34

"*Respondeu-lhes Jesus: Não está escrito na vossa lei: Eu disse: Sois deuses?*"

— Minha criatura, em tudo, vemos os cuidados do Pai em relação a nós! Veja, quando Ele nos cria, aponta-nos um caminho a seguir, um caminho adequado, interessante a nós mesmos, que nos proporcionará a tão procurada felicidade à medida que o formos percorrendo. Nessa jornada, o Pai também nos presenteia com o livre-arbítrio, para que sejamos responsáveis por nossas escolhas: arcarmos com as consequências daquelas que sejam erradas e termos todo o mérito daquelas positivas. Assim, podemos optar pelo caminho que Ele nos mostra ou não. E, geralmente, optamos pelos caminhos equivocados... E Ele permite, pois de tudo tiraremos um bom aprendizado mais à frente! Mas, às vezes, persistimos tanto no caminho enganoso, vamos nos arrastando tanto tempo por ele, que o Pai, que muito nos ama, não vê outro modo senão interferir em nossa caminhada, retirando-nos da estrada da ilusão e da dor em que nos mantínhamos! No primeiro momento, essa intervenção misericordiosa não é bem vista, pois a nossa visão está deturpada, estamos doentes espiritualmente... Mas, com o tempo, passamos a ver a beleza dessa atitude do Pai, até chegarmos ao dia de agradecê-Lo por ter-nos tirado daquele caminho sombrio, que nos lesava cada vez mais! Paulo de Tarso nos diz a esse respeito: *"Toda correção, no presente, não parece ser de gozo, senão de tristeza, mas, de-*

*pois, produz um fruto pacífico de justiça nos exercitados por ela."**

A senhora nos pareceu um pouco atordoada, falando com dificuldade, de modo arrastado:

– Não sei... É injustiça... Não posso... aceitar... Não acredito... em vocês...

– Acredite, minha irmã! Um novo horizonte vem surgindo à sua frente! Agora, descanse... Saiba que está entre amigos, entre irmãos, e esta casa também é sua! Agora, durma... Amanhã será outro dia!

E foi sendo afastada...

Não mais tivemos qualquer informação a seu respeito. Gostamos de imaginar que ela permaneceu hospedada em nossa casa espírita por um tempo, depois seguiu para uma colônia espiritual próxima à Terra a fim de se preparar para novas empreitadas, pois, assim como qualquer um de nós, ela terá muito a reparar no futuro.

Ah, e ela nunca mais foi vista na casa do nosso casal amigo.

---

*Hebreus 12:11

"E, na verdade, toda a correção, ao presente, não parece ser de gozo, senão de tristeza, mas depois produz um fruto pacífico de justiça nos exercitados por ela."

14
A MÃE DO MENINO

4. *E se esse familiar perceber que a criança tem mediunidade ostensiva, deve incentivá-la ou reprimi-la, deve procurar um Centro Espírita, o que, afinal, deve fazer?*

Divaldo Franco: *Primeiro passo, procurar o Centro Espírita, porque é o lugar apropriado, a escola de bênçãos. Um Espírito muito querido, Djalma Montenegro de Faria, escreveu, há muitos anos, através de mim, que o Centro Espírita é como um colo de mãe que afaga o filhinho na ternura para dar-lhe calor e sustentá-lo na ingenuidade. Viana de Carvalho, outro amigo espiritual, diz que o Centro Espírita é educandário superior para a vida.*

Logo depois, orientar a criança, explicando-lhe do que se trata e como comportar-se, explicando-lhe de maneira fácil o que lhe vem ocorrendo. Felizmente dispomos, no Brasil, hoje, e em muitos países, do laborioso e útil concurso da evangelização espírita infantojuvenil, com toda uma pedagogia metodologicamente trabalhada para essa fase etária do desenvolvimento infantil, que pode contribuir muito para o equilíbrio do pequeno médium. Simultaneamente, aplicar as terapias espíritas: o passe, a água fluidificada, as orações, e, naturalmente, com o tempo, a faculdade [mediúnica] *vai diminuindo até ficar bloqueada, temporariamente, aguardando o momento próximo de ser orientada.*[22]

Uma das mais antigas integrantes do nosso grupo mediúnico nos procurou para uma conversa. Estava preocupada com o neto de dez anos – o menino estaria vendo muitos Espíritos nos últimos tempos, perturbando-se com as visões. Narrou-nos várias ocorrências vividas pelo jovenzinho, algumas as quais já conhecíamos: a visão do bisavô já desencarnado, com quem conviveu uns anos – visão essa que não lhe causou medo, ao contrário, emocionou-o; o *homem-coruja* querendo entrar pela janela do quarto – caso clássico de zoantropia (Espírito se apresentando com a forma de um animal); o palhaço com a maquiagem toda borrada e as vestes sujas que o seguiu por alguns dias; os vultos indo e vindo pelo quintal; os pesadelos nos quais zumbis o espetavam, impedindo-o de acordar...

Embora nenhuma dessas situações descritas pela companheira de trabalho tenham nos surpreendido, pois a literatura espírita nos tem mostrado que quadros deste tipo sempre estiveram presentes em nossa história humana, não deixamos de nos compadecer com a situação, afinal, apesar de sabermos haver uma justa razão para esses acontecimentos, também sabemos não serem tempos fáceis à família e, sobretudo, é claro, ao menino. Essas visões todas na infância podem indicar uma futura mediunidade de serviço, a qual deverá – caso confirmada mais tarde – ser educada em tempo apropriado, no local adequado, embasada no estudo sério e na vivência evangélica, conforme nos orientam os livros basilares da Doutrina Espírita, sobretudo *O Livro dos Médiuns*.

– Mas veja o que aconteceu agora: meu neto vinha sendo acompanhado por um Espírito maldoso que dizia estar ali para destruir meu filho, o pai do menino... A pressão espiritual ocorria sobretudo à noite, fazendo com que meu neto fosse até dormir na cama dos pais. Então, ontem o trouxemos aqui para tomar passe, pois sabemos dos benefícios que a fluidoterapia pode proporcionar também nesses casos, e você não imagina o que aconteceu?!

— O que aconteceu?

— Meu neto, ao sair aqui do Centro, começou a chorar, dizendo que o Espírito tinha ficado na salinha do passe e não ia mais acompanhá-lo. Tentei entender aquilo como um choro de alívio, mas, para minha surpresa, não era! O menino já estava acostumado com o desencarnado! E não é só isso, já o queria bem! Afirmou que o Espírito também se afeiçoara a ele e que já eram amigos! E mais: disse que o amigo invisível o acompanhara até na escola ontem!

— Nossa!

— E agora estou preocupada com o seguinte: e se o desencarnado, atraído pela amizade do meu neto, voltar a acompanhá-lo? Isso pode acontecer, não é? De ele ficar pensando no Espírito e acabar facilitando a sua volta...

Refletimos um pouco antes de responder à amiga:

— O assunto é delicado. Mas sabemos que, à medida que nos desenvolvemos espiritualmente, vamos nos tornando cada vez mais responsáveis por nossas sintonias, nossas companhias e amizades. Vamos escolhendo nossos parceiros por afinidade, por ideal.

Bem, se trouxermos essa lei para uma única encarnação, vendo a criança como um ser ainda não totalmente consciente de si e de seus pensamentos, por conta de não estar plenamente desenvolvido seu organismo, sobretudo seu cérebro, admitiremos sua impossibilidade de escolher adequadamente aqueles que a acompanhariam... Assim, será justo admitirmos que ela goze de certas prerrogativas espirituais no tocante à proteção... Digamos que certos limites a resguardam...

– Entendo.

Encerramos a conversa, pois outros companheiros de serviço mediúnico chegavam, vindo até nós para os cumprimentos afetuosos de costume. Dali a pouco, estávamos em serviço. Após prece inicial, abrimos *O Evangelho Segundo o Espiritismo*, esse baú de *tesouros espirituais*, do qual recolhemos algumas *pérolas preciosas* para aquele momento. Ato contínuo, iniciamos o segundo tempo da jornada, destinado ao atendimento mediúnico. E, logo de primeira, passamos a ouvir o Espírito que acompanhava o neto de nossa amiga, e que estava na casa espírita desde a noite anterior:

– E agora, o que vocês vão fazer comigo?

– Continuar tratando-o da melhor forma possível!

Não fomos respondidos imediatamente. O visitante preferiu o silêncio a fim de refletir um pouco – ao menos era essa a nossa impressão. Então, prosseguiu:

– Não dei conta do trabalho, meu dono vai me dar castigo... – começou a chorar. – Mas é que achei um amigo! Havia muito tempo que eu não tinha um amigo! Parece que nunca tive um amigo! Ninguém queria ser meu amigo!

Percebemos ter o Espírito alguma debilidade mental, então passamos a confortá-lo:

– Ah, um amigo é sempre uma alegria! A amizade dá ânimo aos nossos dias, sobretudo aos dias mais difíceis! Lembremo-nos do que disse a raposa ao Pequeno Príncipe: *"Se tu vens, por exemplo, às quatro da tarde, desde as três eu começarei a ser feliz. Quanto mais a hora for chegando, mais eu me sentirei feliz. Às quatro horas, então, estarei inquieto e agitado: descobrirei o preço da felicidade!"*[23.] Bonito, né?

– Muito bonito, sim!... Muito bonito!... Sabe, eu era sozinho. E, para não apanhar, fazia serviços para o meu dono, já nem sei há quanto tempo... E eu tinha que ter ódio no coração. E eu tinha ódio! E meus serviços eram passar esse ódio para as pessoas que eu estivesse acompanhando. Os homens que meu dono também odiava. Então, acabei indo parar na casa do meu amigo, que, no começo, ainda não era meu amigo. Fui lá para odiar o pai dele. E estava odiando. Mas, não sei como, comecei a ficar cada vez mais perto do amigo! Quando dava por mim, estava vendo televisão com ele. Não sei como, quando percebia, estava deitado no sofá com ele. Ele dava risada e eu também dava. Ele saía no quintal chutar bola, eu também saía. Daí começamos a conversar, porque ele começou a me ver. E a amizade nasceu de vez. Eu nem via mais o pai dele, nem queria ver. A gente ficou cada vez mais amigo. Tanto que ele nem tinha mais medo de dormir sozinho, porque eu estava junto dele para o proteger de qualquer perigo, porque eu sou grande, sabe?

– Que interessante!

– É. Mas agora que já contei tudo certinho, que vocês viram que não vou fazer mal, já posso voltar para a casa dele?

– Veja, a amizade verdadeira não exige a presença constante do outro, porque sabe que todos temos nossos afazeres, temos nossas obrigações... Cada um de nós tem seus compromissos! E são justamente esses compromissos, o cumprimento desses deveres, que nos fazem crescer! Estamos lhe falando isso para dizer que o seu amiguinho tem os compromissos dele, os afazeres dele nesse momento... Assim como você terá os seus, devendo se dedicar a eles! Sabemos que há uma amizade entre vocês, mas é interessante que cada um cumpra com seus deveres e se encontrem no tempo apropriado! O que será até bom, pois terão mais histórias para contar!

– Mas eu posso ajudar o meu amigo com os deveres dele!

– Muito nobre sua intenção! Mas ele pode, e deve, dar conta dos próprios deveres, pois esses estão à sua altura. Seria um desperdício de forças você ajudá-lo em algo que ele pode fazer por si. Devemos estar sempre prontos a ajudar nosso próximo, mas naquilo que seja realmente necessário. Você sabia que, se ajudarmos um pintinho a sair de sua casca, ajudando-o a quebrá-la, ele poderá sair com as asinhas fracas? É! Pois o esforço para quebrar a casquinha do ovo é necessário justamente para que ele estimule a musculatura das asinhas, desenvolvendo-as de vez antes de sair para o mundo!

– Você está me dizendo que não posso mais ficar com meu amigo?

– Não é que não pode, não deve! Agora, meu querido, é hora de você também iniciar uma nova fase da sua vida! Veja: você não precisa mais voltar para aquele a quem chamava de chefe – nem deve, pois poderá ser castigado! Mas pode ficar aqui, nesta casa onde estamos agora! Aqui você conhecerá novas pessoas, fará novos amigos, frequentará a nossa escola, terá sua cama, será muito feliz!

— Ah, não sei... Será?

— Esteja certo disso! Veja quanta gente há aqui! Aqui é um lugar muito movimentado! Cheio de vida e alegria! E você fará parte disso tudo!

— Mas vou ter saudade do meu amigo!

— E isso é bom! A saudade de um amigo é a certeza de termos vivido bons momentos ao seu lado, os quais poderão se repetir novamente no futuro, no tempo certo. Você irá vê-lo novamente, no momento adequado. Mas agora é hora de começar os seus afazeres, que nesse momento são conhecer esta casa, fazer amigos, frequentar a nossa escola!

— Estou entendendo... — respondeu-nos com algum desânimo.

— Mas não se entristeça! Ao contrário, sorria feliz! Você começa agora um momento glorioso de sua vida! Desde já, é muito querido nesta casa! Saiba que todos aqui já são seus amigos!

— E se meu dono vier atrás de mim?

— Ele não virá, pode ficar sossegado. Fique tranquilo a esse respeito. Aqui, você estará muito bem protegido.

Ele sorriu, para então concluir:

– Está bem... Eu vou ficar. Tem uma moça aqui me convidando para conhecer este lugar com ela. Eu vou.

– Isso! E que Deus abençoe sua estadia nesta nossa casa!

Quando ia se retirando, ele ainda nos pediu:

– Contem para meu amigo que vou ficar por aqui, mas vou visitá-lo assim que puder!

– Pode deixar!

Assim que encerramos os serviços da noite, a nossa companheira veio contar-nos um detalhe que havia se esquecido a respeito do neto:

– Ontem, enquanto deixávamos o Centro com meu neto em prantos, a certa altura ele disse: "Quem vai dormir comigo agora? Ele me protegia, a gente até conversava de madrugada!".

Passada uma semana, estávamos novamente na Casa Espírita para mais uma noite de aprendizados e humildes serviços junto à Espiritualidade.

– Estou vendo uma mulher, cabelos muito longos, esvoaçantes... Ela traja um vestido também longo, mas simples, e está em área rural. Sua expressão é tranquila e ela está chamando pelo filho... Ela diz: "Venha, meu filho, traga o leite!". Diz olhando para um celeiro. Não é uma imagem de agora, isso se passou há muito tempo...

A médium entrou em silêncio após esses relatos, e, segundos depois, passamos a ouvir a senhora descrita acima:

— Boa noite a todos, queridos irmãos! Estou muito feliz e muito agradecida ao Pai, tanto por este momento como pela autorização que recebi. Bem, onde moro tenho meus afazeres – afazeres humildes, é claro! –, os quais busco cumprir com retidão e muito carinho. Mas, nos últimos meses, andava preocupada, com o coração apertado... Prosseguia em meus deveres, mas um pouco aflita. Porém, agora, as coisas se resolveram! Mais uma vez, o Cristo, misericordioso, veio em meu auxílio! Logo a mim, criatura ainda tão pequena e devedora!

A irmã silenciou por uns instantes, e respeitamos seu momento. Logo, ela retomou:

— Meus Superiores me permitiram um intervalo nos meus serviços para que eu fique ao lado de meu filho, que está encarnado neste momento, e que está passando por uma etapa mais delicada. Então, a partir de hoje, estarei junto dele, envolvendo-o em muito amor! Não que ele não viva entre seres que o amam, não é isso!... Ao contrário!... Seus pais atuais, assim como sua avó, essa criatura amável por quem me comunico agora, cercam-no de todo amor, o que muito me emociona! Mas como amor nunca é demais – disse sorrindo – e preocupação de mãe é quase sempre justa, também estarei a rodeá-lo de carinhos nas próximas semanas!

Estávamos todos surpresos e emocionados! Realmente, quão grande é a misericórdia do Mestre em relação a nós! De nossa parte, particularmente, estávamos com os olhos marejados! A doce mãezinha continuou:

– Como todos nós, ele tem um passado marcado por ações indevidas. Tem também, é claro, seus acertos! E acima de tudo – como todos nós – tem o amor do Pai, que o cercou, nessa atual jornada, de pessoas comprometidas com seu crescimento, familiares espirituais aos quais, mais uma vez, agradeço de coração! Como vocês sabem, nem toda experiência mediúnica na infância é certeza de compromisso mediúnico no futuro. A criança, por ter ainda um pezinho na Espiritualidade, pode viver uma ou outra situação mediúnica no correr da infância. Mas esse não é caso do nosso menino. Ele veio com a *mochilinha de trabalhador* – a mediunidade lhe será uma bendita oportunidade de resgate, reajuste e aprimoramento. Ela está mais aflorada por esses tempos, o que já era, de alguma forma, previsto de nossa parte. O que não imaginava é que vê-lo se debater por conta disso me incomodaria tanto – ela sorriu. – Ah, quem poderá julgar o coração de uma mãe?... E agora estou aqui! Ansiosa por ver meu menino, ficar ao seu lado e ao lado dos amados que estão a assisti-lo mais uma vez nessa atual encarnação. Só tenho a agradecer!

Como se lesse nossos pensamentos, a visitante prosseguiu esclarecendo:

– Alguém pode estar se perguntando onde estaria o guardião da nossa criança... Afirmo que ele prossegue ao seu lado, nos momentos realmente necessários, mas não pode evitar todas essas ocorrências espirituais – elas fazem parte, em muitos casos, do amadurecimento do Espírito encarnado, portador de tarefas mediúnicas.

– Entendemos.

– Pois bem, meus irmãos. Agora preciso ir. Muito obrigado e que o Pai prossiga nos ajudando sempre!

E seguiu para sua doce missão. Pensamos: "*Ora, sem contradição alguma, o menor é abençoado pelo maior.*"*

---

*Hebreus 7:7
"*Ora, sem contradição alguma, o menor é abençoado pelo maior.*"

15

A CADEIRANTE

A verdade era que, tal fora a série de sofrimentos físicos que atingira o chamado Pedro, quando homem [encarnado], *que, agora, traumatizadas a sua mente e respectivas vibrações,* **transportara para o perispírito os complexos do estado de encarnação, conservando, por isso mesmo, as aparências da antiga enfermidade e os sofrimentos outrora experimentados.** [grifos nossos] *O volume de seu corpo rotundo, ou do seu períspirito, nada mais era, portanto, do que ecos mentais da inchação que lhe atacara o corpo carnal (...).*[24]

— BOA NOITE!
— Boa noite! Como vai?

— Muito bem, graças a Deus!

— Que bom!

— Feliz por poder conversar um pouco com vocês. Feliz por poder contar um pouquinho da minha história e da minha vida aqui nesta casa.

— Ah, você mora aqui?

— Sim, há muitos anos!

— Que bom! Como chegou aqui?

— Pela misericórdia divina!

— Sempre ela, não é?! – rimos.

— Sempre! Cheguei, como disse, há muitos anos... Cheguei mergulhada em profunda revolta! Era jovem quando fui alcançada pela desencarnação. Meus últimos tempos de encarnada foram difíceis, pois sofri um acidente que, entre outras coisas, deixou-me na cadeira de rodas. Cadeira essa que utilizo até hoje.

— Como é? Você ainda está de cadeira de rodas?

— Sim. Ainda não consegui voltar a andar.

Tentando não mais demonstrar a nossa surpresa ante a informação, buscamos outra abordagem:

— Entendemos. Disse que chegou um tanto revoltada... Como foi o processo de readaptação à Espiritualidade através desta casa?

— No começo, difícil! A profunda tristeza se revezava em meu Espírito com o rancor por ter tido uma vida tão curta e ainda problemática ao final. Não sei como não enlouqueci. Não foi fácil. Sem falar no trabalho que dei aos que por mim eram responsáveis. Mas, aos poucos, muito lentamente, fui melhorando, fui readaptando-me e, acima de tudo, entendendo os motivos de minha reencarnação ter sido curta e um tanto dolorosa. Vi que não havia nenhuma injustiça em meu caso, ao contrário, havia, sim, muito auxílio. Mas vá entender isso nos primeiros tempos? Mesmo tendo como verdadeiro lar a Espiritualidade, quando a ela voltei, após a vida física, não nos acertamos, eu e ela, de pronto. A influência da matéria foi impressionante! Mesmo já consciente de minha condição de desencarnada, não me conformava com a volta ao verdadeiro lar! Buscava, em vão, o retorno! Não foi fácil! Mas fui adaptando-me... Hoje estou bem melhor e vim pedir-lhe que dê um recado a um amigo nosso.

Nova surpresa de nossa parte.

— Pois não, minha cara. Estou à sua disposição.

Então, pediu-nos que disséssemos a um antigo trabalhador aqui da casa – que na época dirigia um trabalho mediúnico como o nosso – que ela ainda estava hospedada neste ambiente. E continuou:

— É que ele me viu. Assim que me atenderam no

meu retorno à Espiritualidade, fui trazida para o trabalho mediúnico, e ele conversou comigo. Já o conhecia da cidade e, enquanto conversávamos, ou melhor, enquanto ele tentava me confortar, acabou me vendo... Viu de quem se tratava, enxergou-me na cadeira de rodas e tudo. Então, maiores ainda foram seus cuidados. Ele e todos os que estavam sentados aqui à mesa me envolveram em carinho e orações. Sou muito grata!

– Que bacana, minha irmã! Pois pode deixar que falaremos com ele, sim, com todo prazer!

– Muito obrigada! Diga a ele que hoje estou feliz! Cheia de esperanças quanto ao futuro!

– Que maravilha, minha irmã!... E você sabe por quanto tempo ainda permanecerá por aqui?

– Conforme me informaram, ainda não é o momento de eu deixar esta casa, mas esse momento já está próximo.

– Certo.

– Enquanto isso, prossigo estudando, frequentando os cursos, as palestras, e fazendo os trabalhos que me são possíveis.

– Muito bom!

– Agora já vou. A última vez que estive aqui no trabalho mediúnico não estava muito bem – risos –, mas agora estou! Foi uma experiência muito positiva voltar a este intercâmbio! Renovaram-se ainda mais minhas esperanças, pois percebi realmente que estou muito melhor do que da última vez! O que reforça ainda mais a certeza de que está chegando o tempo de eu seguir minha estrada! Graças ao Pai!... Bem, muito obrigada a todos, que Jesus os abençoe sempre e até uma próxima, quem sabe...

– Foi uma alegria conversar com você, irmã! E até uma próxima, sim!

Assim que a criatura amiga nos deixou, recordamo-nos de leituras espíritas que nos falavam da situação de desencarnados que trazem consigo, pós-túmulo, as moléstias ou as debilidades físicas com as quais conviveram na carne, chegando, alguns, a carregarem esses *males* por longo tempo, ainda que estejam sob amparo e tratamento, recolhidos junto a misericordiosas estâncias espirituais. Lembremo-nos do trecho que abre este capítulo, transcrito adequadamente acima, além de alguns outros que foram relidos, dias seguintes à nossa recordação, a fim de serem também transcritos fielmente agora. Comecemos com André Luiz, já desencarnado, sendo examinado em um hospital na Espiritualidade, na cidade de Nosso Lar:

> (...) *Lísias levantou-se da poltrona a que se recolhera e começou a auscultar-me, atento, impedindo-me o agradecimento verbal.*

— *A zona dos seus intestinos apresenta lesões sérias com vestígios muito exatos do câncer; a região do fígado revela dilacerações; a dos rins demonstra característicos de esgotamento prematuro.*

Sorrindo, bondoso, acrescentou:

— *Sabe o irmão o que significa isso?*

— *Sim — repliquei —, o médico esclareceu ontem, explicando que devo esses distúrbios a mim mesmo...*

Reconhecendo o acanhamento da confissão reticenciosa, apressou-se a consolar:

— *Na turma de oitenta enfermos a que devo assistência diária, cinquenta e sete se encontram nas suas condições. E talvez ignore que existem, por aqui, os mutilados. Já pensou nisso? Sabe que o homem imprevidente, que gastou os olhos no mal, aqui comparece de órbitas vazias? Que o malfeitor, interessado em utilizar o dom da locomoção fácil nos atos criminosos, experimenta a desolação da paralisia, quando não é recolhido absolutamente sem pernas? Que os pobres obsidiados nas aberrações sexuais costumam chegar em extrema loucura?"*[25]

Vejamos o que nos diz Manoel Philomeno de Miranda:

Impregnado pelas sensações em que se demorou, quando, interrompidos os vínculos carnais, permanecem os mesmos condicionamentos, impondo-se com expressões que exigem atenção e cuidados;

(...)

Algumas [sensações e emoções] *são tão fortes que se fazem correspondentes às físicas anteriormente vivenciadas (...).*

Convertendo-se em necessidades, impõem atendimento orgânico, como se a argamassa fisiológica se mantivesse em funcionamento.[26]

Agora, Yvonne A. Pereira:

Às impressões e sensações penosas, oriundas do corpo carnal, que acompanham o *Espírito ainda materializado, chamaremos* **repercussões magnéticas***, em virtude do magnetismo animal, existente em todos os seres vivos, e suas afinidades com o perispírito.*[27]

※ ※ ※

Alguns dias depois, enquanto íamos e vínhamos pelo centro de nossa pequena cidade, em afazeres trabalhistas, encontramos o amigo ao qual fôramos encarregados de entregar o recado espiritual. Após os devidos cumprimentos, falamos-lhe do acontecido. Ele nos ouviu para, depois, contar-nos um pouco da história da jovem. Entre outras coisas, falou-nos que a visitava, quando acamada por conta do acidente automobilístico, levando a ela o consolo espírita, no intento de amenizar seus sofrimentos.

— Ela sofria bastante, e isso a revoltava. Então, começaram a falhar os órgãos... Em pouco tempo, voltou à Espiritualidade... E, depois de algumas semanas, realmente a vi no trabalho mediúnico. Estava em uma cadeira de rodas, muito triste. Fico realmente feliz por saber que hoje ela está bem melhor!

Depois de narrar o acontecimento e ouvir meu amigo, despedimo-nos e, enquanto voltávamos aos compromissos do dia, uma sensação agradável passou a nos invadir ao nos lembrarmos da moça... Ao recordarmos a nossa amada casa espírita... Ao pensarmos em nossos amigos invisíveis que lá trabalham... Ao imaginarmos Jesus Cristo naquele local, recebendo, acudindo e orientando a todos!... "Obrigado, querido Mestre!"... Emocionados, buscamos mentalmente uma de Suas máximas, sempre lembrada nas inesquecíveis noites de trabalho mediúnico... *"Todo aquele que o Pai me der, esse virá a mim; e o que vem a mim, de maneira alguma o excluirei."**

---

*João 6:37
"Todo o que o Pai me dá virá a mim; e o que vem a mim de maneira nenhuma o lançarei fora."

REFERÊNCIAS BIBLIOGRÁFICAS

1. KARDEC, ALLAN. *O Livro dos Espíritos*. Tradução de Salvador Gentile. Araras, SP, IDE Editora, questão 983.
2. PEREIRA, YVONNE A. *Devassando o Invisível*. Rio de Janeiro, FEB, 1992, p. 68.
3. _____. *Devassando o Invisível*. Rio de Janeiro, FEB, 1992, p. 67.
4. KARDEC, ALLAN. *O Livro dos Espíritos*. Tradução de Salvador Gentile. Araras, SP, IDE Editora, questões 489 e 491.
5. _____. *O Livro dos Espíritos*. Tradução de Salvador Gentile. Araras, SP, IDE Editora, questão 921.
6. _____. *O Livro dos Espíritos*. Tradução de Salvador Gentile. Araras, SP, IDE Editora, questão 93.
7. XAVIER, FRANCISCO CÂNDIDO; LUIZ, ANDRÉ (ESPÍRITO). *Libertação*. Rio de Janeiro, FEB, s/ ano, 2ª Edição, p. 72.

8. KARDEC, ALLAN. *O Céu e o Inferno*. Tradução de Salvador Gentile. Araras, SP, IDE Editora, Segunda Parte – Cap.II.
9. XAVIER, FRANCISCO CÂNDIDO; LUIZ, ANDRÉ (ESPÍRITO). *Ação e Reação*. Rio de Janeiro, FEB, 1980, p. 258.
10. KARDEC, ALLAN. *O Livro dos Médiuns*. Tradução de Salvador Gentile. Araras, SP, IDE Editora, questão 223, item 23.
11. PEREIRA, YVONNE A. *Recordações da Mediunidade*. Rio de Janeiro, FEB, 1989, p. 132.
12. FRANCO, DIVALDO PEREIRA; TEIXEIRA, J. RAUL. *Diretrizes de Segurança*.
13. KARDEC, ALLAN. *O Evangelho Segundo o Espiritismo*. Tradução de Salvador Gentile. Araras, SP, IDE Editora, Cap. III, item 2.
14. XAVIER, FRANCISCO CÂNDIDO; LUIZ, ANDRÉ (ESPÍRITO). *Missionários da Luz*. Rio de Janeiro, FEB, 1978, p. 128.
15. KARDEC, ALLAN. *O Evangelho Segundo o Espiritismo*. Tradução de Salvador Gentile. Araras, SP, IDE Editora, Cap IV, item 18.
16. XAVIER, FRANCISCO CÂNDIDO; JACOB, IRMÃO (ESPÍRITO). *Voltei*. Rio de Janeiro, FEB, 2008, p. 17.
17. KARDEC, ALLAN. *O Livro dos Médiuns*. Tradução de Salvador Gentile. Araras, SP, IDE Editora, questão 128, itens 4, 6 e 13.
18. KARDEC, ALLAN. *O Evangelho Segundo o Espiritismo*. Tradução de Salvador Gentile. Araras, SP, IDE Editora, Cap. IV, item 8.
19. KARDEC, ALLAN. *O Livro dos Espíritos*. Tradução de Salvador Gentile. Araras, SP, IDE Editora.

20. KARDEC, ALLAN. *O Livro dos Médiuns*. Tradução de Salvador Gentile. Araras, SP, IDE Editora, questão 245.
21. KARDEC, ALLAN. *O Livro dos Médiuns*. Tradução de Salvador Gentile. Araras, SP, IDE Editora, questão 94.
22. SAEGUSA, CLAUDIA (ORG.). *Divaldo Franco Responde*. São Paulo, Intelítera, 2011, p. 162-163-164.
23. SAINT-EXUPÉRY, ANTOINE DE. *O Pequeno Príncipe*. S/ tradutor. São Paulo, Escala, 2015, p. 67.
24. PEREIRA, YVONNE A. *Recordações da Mediunidade*. Rio de Janeiro, FEB, 1989, p. 132.
25. XAVIER, FRANCISCO CÂNDIDO; LUIZ, ANDRÉ (ESPÍRITO). *Nosso Lar*. Rio de Janeiro, FEB, 1998, p. 26-27.
26. FRANCO, DIVALDO PEREIRA; MIRANDA, MANOEL PHILOMENO DE (ESPÍRITO). *Mediunidade: Desafios e Bênçãos*. Salvador, LEAL, 2012, p. 19.
27. PEREIRA, YVONNE A. *Memórias de um Suicida*. Rio de Janeiro, FEB, 1985, p. 27.

No ano de 1963, Francisco Cândido Xavier ofereceu, a um grupo de voluntários, o entusiasmo e a tarefa de fundarem um Anuário Espírita. Nascia, então, o Instituto de Difusão Espírita - IDE, cujo nome e sigla foram também sugeridos por ele.

A partir daí, muitos títulos foram sendo editados, e o Instituto de Difusão Espírita, entidade assistencial sem fins lucrativos, mantém-se fiel à sua finalidade de divulgar a Doutrina Espírita através da IDE Editora, tendo como foco principal as Obras Básicas da Codificação, sempre a preços populares, além dos seus mais de 300 títulos em português e espanhol, muitos psicografados por Chico Xavier.

O Instituto de Difusão Espírita conta também com outras frentes de trabalho, voltadas à assistência e promoção social, como albergue noturno, acolhimento de migrantes, itinerantes, pessoas em situação de rua, assistência à saúde e auxílio com cestas básicas, para as famílias em situação de vulnerabilidade social, além dos trabalhos de evangelização infantil, mocidade espírita, artes (teatro, música, dança, artes plásticas e literatura), cursos doutrinários e passes.

Este e outros livros da *IDE Editora* subsidiam a manutenção do baixíssimo preço das *Obras Básicas, de Allan Kardec*, mais notadamente, *"O Evangelho Segundo o Espiritismo"*, edição econômica.

ideeditora.com.br

✻

Acesse e cadastre-se para receber
informações sobre nossos lançamentos.

INSTITUTO   🌐 IDEEDITORA.COM.BR
DE DIFUSÃO   📘 IDEEDITORA
ESPÍRITA   🐦 @IDEEDITORA

IDE Editora é apenas um nome fantasia utilizado pelo INSTITUTO DE DIFUSÃO ESPÍRITA, entidade sem fins lucrativos, que promove extenso programa de assistência social, e que detém os direitos autorais desta obra.